講談社文庫

トーマの心臓

Lost heart for Thoma

森 博嗣｜原作 萩尾望都

講談社

CONTENTS

あるとき
……
雪の上に足跡を残して
神さまがきた
そして
森の動物をたくさん殺している狩人に会った
「おまえの家は?」と神さまは言った
「あそこです」と狩人は答えた
「ではそこへ行こう」
裁きをおこなうために
神さまが家に行くと
家の中にみどり児が眠っていた……
それで
神さまは裁くのをやめて
きた道を帰っていった
ごらん
……
丘の雪の上に
足跡をさがせるかい?
オスカー

（萩尾望都／「訪問者」）

プロローグ

ぼくは
ほぼ半年のあいだずっと考え続けていた
ぼくの生と死と
それからひとりの友人について

朝は好きじゃない。無礼な眩《まぶ》しさに目を細めても、自分に降りかかった既成の運命に心を閉ざすことができない以上、どうしたって憂鬱《ゆううつ》になる。ただ、その憂鬱さが躰《からだ》中に染み込んだあとには、くすっと笑いが込み上げてくることもある。不思議な反転だ。何だろう、結局こうして自分は生きているじゃないか、夜のうちに夢を見ながら死んでしまっても良かったはずなのに、性懲《しょうこ》りもなくこの世に舞い戻ってきてしまったのだ。それが何故か可笑《おか》しい。微笑《ほほえ》ましい。そんな気分になるまで覚醒すれば、起き上がって窓の外の空を眺めたときに出る溜息《ためいき》さえも、歴史的に新しいような、稀《まれ》な予感を誘うかもしれない。なにもかもいつもと同じなのに、毎日新しい細胞が生まれていることと類似している。そのおかげで生じる微《かす》かな期待だろうか。

そうか、とまず思い出したのは、先週に死んだ下級生のことだった。

ここ数日、学校ではその話で持ちきりだ。みんなが一様に眉《まゆ》を寄せ、残念な顔をする。消えたものに対する美辞もあるけれど、彼に対しては順当な評価だったようだ。ただ、僕自身の感想といえば、面倒なことをしてくれたものだ、という一言、あるいは、それ以下。たしかに、その人格の現在と未来が失われたことに多少の残念さ、一時の落胆はある。生命とは、どういうわけか、存在しているだけで価値を感じさせるもの、少なくともそんな幻想を見せる機能がある。けれども、それよりもさらに心配な問題が僕にはあった。だから「面倒」だとまず考えてしまったのだ。その理由は、僕の同室の友人にある。

彼が帰ってくる日が今日だった。それを次に思い出して、灰色の憂鬱さが寄り戻した。寝るまえにも、そのことであれこれ考えたのだ。友人にどんな言葉をかけてやれば良いだろうか。それに対して、どんな反応を見せるだろう。そして、これから、どうなっていくのか。これで終わりになれば良いけれど……。そう、できれば、静かに、なにごともなく、時間が流れてほしい。目の前に現れるもの、新しいものを取り入れて、こびりついた古い記憶なんて忘れてしまえば良いのだ。それが僕の素直な気持ち、希望的観測だ。彼がそれを終わりにすることを、僕は望んでいる。そう、ずっと望んでいたのだ。できることなら、そちらへ友人を導きたい。

昨夜は、大人になれ、という言葉を思いついた。でも、今それを思い出して、その滑稽さに舌打ちした。朝というのは、あらゆる感情をことごとく幻滅させてしまう、どんな思考もすべて打ち砕いてしまう、暴君の時間なのだ。

　ローブを羽織《はお》って部屋から出た。高い窓の下に並ぶ洗面所の真ん中で歯を磨いていたら、階段を下りてきた院生の先輩に注意をされた。

「部屋から外へ出るときは服装に注意をしたまえ」メガネに手をやりながら、彼は僕の前に立った。僕の方が背が高いから、顎《あご》を上げて睨《にら》んでいる。

　歯ブラシを口に入れていたので、彼の顔を見たものの、黙っていた。もちろん、知った顔である。えっと、この人の名前は何といったっけ。けれど、僅《わず》か一瞬で諦めてしまった。人の名前を覚えるのが、僕は苦手だ。子供のとき、父が言った教訓のせいだと思う。名前なんてものはまったく本質ではない、という意味のものだった。言い回しは忘れてしまったけれど。

「まあ、できるかぎり、ルールは守った方が良いね」僕が黙っていたせいかもしれない、彼は表情を緩《ゆる》めた。「うん、そうしないと、下級生に示しがつかなくなる」

　僕は軽く頷《うなず》いた。これは、サービス精神というやつだ。

　彼はにっこりと笑って、顔の横で手を広げた。何のサインなのかわからないが、友好的な感じではある。最も単純な人間関係を適当に築きたい、という人生なのではないか。

「ユーリはもう帰ってきた？」彼はきいた。

僕は首をふった。それから、歯ブラシを口から抜いて答える。

「今日です」

「そうか」先輩は満足そうに頷いた。「まあ、我々もね、多少は憂慮《ゆうりょ》しているところだよ」

我々？　たぶん、先輩のゼミの仲間のことだろう。思い出した。ユーリが参加している例の研究グループだ。憂慮というのは、森に落ちているどんぐりみたいに、どうも適当に出てきた表現に思えた。本当に憂慮しているなら、僕に言わなくても良いはず。

先輩はまたパーを出して、廊下を歩いていく。階段の手摺《てす》りに手をかけたところで、もう一度こちらを振り返った。まだ、笑ったままの顔だった。向こうをむいているときもずっと笑っていたのだろうか。

僕は歯磨きを再開した。窓の外には大木の枝が迫っている。もう葉は残っていない。よく統制が取れているものだ。灰色の鳥がやってきて、また飛び立つのが見えた。左手には、教会の黒い屋根と、塔の白い壁が見える。その向こうには、ずっと遠くに海浜工業地帯のスカイライン。煙突が何本か。点滅するライトも。少し目を凝らすと、空港の管制塔もわかる。空気が澄んでいる日にしか見えない。葉が生い茂る季節にもすべて見えなくなる風景だ。

口を漱《すす》いでから、部屋へ戻った。ユーリの机の上にある手紙に目が行く。昨日届いていたものだ。僕は好奇心からそれを手に取った。そして、どうしたものか、と考えた。

たとえば、そのまま、どこかに隠してしまう、燃やしてしまう、という手がある。彼に読ませない、その存在さえ知らせない、という選択だ。手紙を出したのは、死んだ下級生だった。もういない。いない奴からの手紙なのだから、この世から消えてしまっても良いではないか、と思えた。次に考えたのは、中を開けて、消し去らないでおく価値があるものかどうか、判断すれば良い、というアイデアだった。けれど、僕が見た跡が残るから、元どおりには戻せない。否《いな》、物理的な証拠だけならば、なんとか誤魔化《ごまか》せるかもしれないが、僕が見たという事実は残る。残念ながら、友人に対してそんな裏切り行為はできない。たとえ、それがその友人のためであったとしてもだ。

でも、決心はつかず、僕は手紙を彼の机の上に戻しておいた。できることなら、ユーリがこれを読むとき、その場にいよう、と思った。そして、それだけで胸騒ぎというか、圧力を伴うような緊張を感じた。これまでずっと頭にあった心配が、レンズで集められたみたいで、今にも煙を上げ、黒く焦げてしまいそうだった。煙はやがて炎に変わり、燃え上がるのではないかと……。

死ぬまえに、あいつはこの手紙を出したのだ。

内容はおのずと知れている。

完璧な恋文だろう。

あるいは、賛美による、美しき関係の固着？

言葉にできることが、あいつの才能だったかもしれない。

僕にはできない。

死は偶然とは思えない。

だとしたら、なんという決断と実行力だろう。優しい感じのおぼっちゃんだとばかり思っていたのに。いつも少し下を向いていて、そして目が合うと、口許を緩める。少女のように微笑むのだ、それも上品に。

ワーグナ教授がつけた渾名《あだな》で、みんな、あいつのことをトーマと呼んでいた。

第 I 章

それぞれの思いは
胸の奥に秘められる
まだ
透きとおった
少年の日に
あこがれは
――やさしく
恋は
ためらいがちに
おずおずと
訪れを
つげる

1

　ユーリは笑顔で戻ってきた、仮面のような。

　部屋に到着する以前に、トーマが死んだことを知ったようだ。誰かが彼を見つけて、話さずにはいられなかったのだろう。べつにどうってことない顔で、ユーリは机の上の手紙に目を留めた。手に取って差出人の名前を見るようなことはなかった。一瞬で認識したようだ。トーマからの手紙は、もちろん初めてではない。見慣れた封筒だったのである。

　僕は窓を開けて、外を見ている振りをしていた。僕たちの部屋からは、研究室の窓が取り囲んだ中庭が見下ろせる。見える範囲には、今は誰もいなかった。壁のどの窓も閉じられていた。カーテンか、ブラインドが室内を隠している。

「寒いから、窓を閉めてくれないか」ユーリが言った。

「今日は、暖かい方さ」僕は窓を閉めた。ユーリの故郷はここよりもずっと寒いはずだ、と思った。「手紙は?」

「え?」脱いだコートを仕舞いながら、ユーリはこちらへ目だけを向ける。「あ……、トーマからだね、あとで読むよ」

「いつもなら、すぐに破り捨てるのに?」

「もう、いない」彼はこちらへ出てきた。

「最後の手紙くらい、読んでやる?」

「言い方が失礼だよ、オスカー」

「ごめん、悪かった。そんなつもりじゃないよ」

しかし、ユーリが言いたかったのは、トーマに対しての失礼という意味だ、と遅れて気づいた。

ユーリは黙って机に戻り、手紙をナイフで開けた。便箋を取り出して読んだ。僕は彼の手に注目していた。沈黙は十秒間くらいだっただろう。横顔の表情は変わらない。彼は顔を上げて僕の方を向いた。

「どんなふうに、死んだ?」ユーリはきいた。その目が、ほんの少しだけ、いつもよりも焦点が違っていた。僕ではなく、もっと背後の、そう、窓の外のなにかを見ているようだったから、思わず僕は後ろを振り返ったくらいだ。

「さあ、詳しくは……」事故だとは聞いていた。駅で凍った陸橋から足を滑らせたのだろう、という話も聞いた。その程度の情報ならば、ここへ来るまえに、ユーリも誰かから耳にしたはずである。

「何で死んだ？」もう一度彼はきいた。

「どうしたんだ？」僕は問い返した。

彼に近づく。ユーリは無言で、僕に手紙を差し出した。

「読んでもいいのか？」確認をしてから、僕はそれを受け取った。

短い文章が綺麗《きれい》な字で書かれていた。最初の一文が、「この手紙で最後です」だった。あとは、詩のような内容で、具体的な情報、個人的な事情などは一切ない。情景が浮かぶようなものではなかった。ただ、友情、愛情、夢、人生、命、そして美しく、悲しく、果てしない、気持ち、視線、世界……、そんな抽象的な言葉ばかりだ。例外といえば、「僕の心臓」という部分だけ。しかし、それも、どうやら比喩《ひゆ》、あるいは象徴のようだった。どういったことを具体的に示しているのか、よくわからない。明らかなのは、僕にはとても書けない文章だ、ということ。顔を上げて、僕はユーリを見据えた。

「最後のって、書いてある」彼はいつもの冷静な発声だった。

「ああ、だから？」僕は尋ねた。もちろん、彼が言いたいことはわかっていた。だけどそれは、言葉にして聞かなければならない重さのものだ。

「自殺したんだ」息を殺したような声で彼は答えた。

そう。そういう解釈は可能だ。僕は頷いた。それは、しかし、ある程度予想されていたことだった。ユーリだって、同じだろう。彼は僕よりも、もっといろいろな可能性を考えたはず。先回りして想像してしまう能力では僕よりもずっと上手《うわて》なのだ。

「これは、遺書ってことかな？」僕はきいてみた。当たり前のことのように思えて、言葉にした瞬間に滑稽な響きになった。

彼は僕から視線を逸《そ》らす、ちょうど後ろにベッドがあったから、そこに倒れ込むのかと思えるほど、躰が一瞬傾いた。しかし、ドアへ。そして、部屋の外へ出ていってしまった。なにか口にしたようだったけれど、言葉はわからなかった。ただの息遣い、それとも、舌打ちだったかもしれない。

一瞬遅れて、僕は追いかける。ドアを開けたところで、声をかけた。

「ゼミがある」

彼は振り返った。通路の中央で、幽霊のように青い顔をして立っていた。見せたくない顔だったのかもしれない。だから、出ていったのだ。

「大丈夫か？」

「大丈夫だよ。ゼミ……、もちろん、わかっている」

「十時からだ」

「それに間に合うように、帰ってきたんだから」

彼はそう言うと、階段を駆け下りていった。下の通路に何人かいたのだろう。賑《にぎ》やかな声が聞こえた。ユーリの名前を呼ぶ声も。

僕は部屋の奥へ戻り、手に持ったままだった手紙をもう一度読んだ。最初よりもさらに芸術的な作品に読めた。トーマには、この方面の才能があったにちがいない。こんな理系の学校へ来ているのが不思議なくらい。けれど、今の時代ではしかたがないこと。それは男子の多くにとって宿命のようなものだ、と僕は理解している。

手紙をユーリの机の上に戻し、僕は窓際の椅子に腰掛けた。

遺書か……。

その確率は高い。しかし、だからといって、事情がなにか変化するだろうか。死んだことにちがいはないのだ。本人の意思で死んだとしたら、不本意に死ぬよりは、むしろ良い状況ではないのか。本人にとって、幸せか不幸せかというメータでいえば、幸せ側に針が振れている。そんなふうに僕は考えてしまう。たぶん、一般的な感覚ではないだろう。死ぬような悩みがあって可哀相《かわいそう》だった、と嘆くのが普通だろうか。それこそ、もう取り返しがつかないのだから、やはりしかたがないことだ。

自殺か……。

あまり真剣に考えたことがない。殺してやりたい、と思ったことはあるけれど、自分が死ぬなんて……、と僕ならば考えてしまうだろう。もしどうしても自分の環境から消えたいのならば、どこかへ旅に出れば良い。黙って逃げ出せば良いではないか。だから、自殺というのは、そう、誰か他者に自分の死を見せたい、という積極的な、あるいは攻撃的な行為ともいえるだろう、きっと。ただし、一つしかない自分の命を懸けられるか、という問題はもちろん残る。僕には、そこがよくわからない。それだけの価値のあるもの、それだけ信じられるものがあるというのか……。将来の可能性と比較をしても、そう評価できるものが、はたしてあるだろうか。

十時のゼミに間に合うよう、時間ぴったりに僕はワーグナ教授の部屋のドアを叩いた。ドアの前に到着したのが三十秒くらい早かったから、時計の秒針を見て、ノックするのを待った。ユーリがまだ来ていないようだった。僕は部屋から最短コースを歩いてきたし、彼は部屋に用具を置いたままだ。ぎりぎりまで彼を待った。いつも、二人で一緒に教授の部屋に入るのに……。

彼は来なかった。

ドアを開けて研究室に入ると、いつもの暖かい空気で満たされた明るい空間だった。煙草の煙のせいなのか、なにもかもが少し白っぽく見える。奥の窓際に背の低いテーブルが置かれていて、その周りに、ソファや肘《ひじ》掛け椅子、質素な丸い木の椅子など、部屋中の座れるものを集めて、学生たちが集合していた。全部で十一名。ソファにだけ、空席が二人分残っていた。僕たち二人の席だ。幸い、教授の姿はまだない。僕はソファに腰掛けた。これで十二名。一ダースだ。

「ユーリは？」ストーブの近くにいた先輩がきいた。

「あ、どうかな……」僕はどうしようか迷った。遅れてくるつもりだろうか。

いつものように、ワーグナ教授が現れた。隣の部屋が教授の個室で、そこから大きな薬缶《やかん》を持ってくる。もの凄《すご》く濃いコーヒーが入っていて、最年長の院生が小さなカップに全員の分を注ぐ役だった。カップが行き渡ったら、教授は本を開き、丸いメガネの上からみんなの顔を順番に見る。ぐるりと、視線が僕のところへ巡ってきた。青い目だ。その目が僕を捉える。

「ユーリがいない」嗄《しわが》れ声で教授が言った。「まだ、戻っていないんだね？」

「いいえ、今朝戻りましたが、あの、ちょっと風邪気味らしくて、部屋で寝ていました」僕は嘘《うそ》をついた。

「そうか」教授は、そのあと二秒間、僕をじっと見据えた。青い目の視線。僕はそれを我慢して受け止める。

そのままゼミが始まった。担当している学生が本を訳す。それを聴いたあと、内容について議論をする。それだけだ。コーヒーを途中に一度だけ淹《い》れ直《なお》す。普通の講義と違って、ここでは誰もうたた寝なんかしない。人数が少ないこともあるけれど、やはりワーグナ教授の前だからだ。彼は、この学校の現在の校長で、研究所の所長も兼ねている。講義を担当していないから、このゼミだけが、僕にとっては教授とアカデミックな接触ができる唯一の機会だ。院生になって、しかも教授の研究室の配属になれば、共同研究ができるかもしれない。だが、それはずっと将来のことだし、それに、それだけの才能が自分にあるかどうかわからない。このゼミに参加するのは、物理か数学の教官の推薦が必要で、選ばれたメンバの中では、僕とユーリが一番学年が下だ。僕はユーリよりも歳上だから、実際にはユーリが一番若い。彼は物理も数学も学年でトップ。だから、ワーグナ研究室に進学できる、と確実視されている。いうなれば、期待の新人というわけだ。だから、教授が、ユーリがいないことを気にしたのも、自然なことだった。ほかの誰かが欠席しても、気にも留めない人なのだ。

ゼミはいつもよりも少し早く終わった。結局、ユーリは来なかった。途中で彼が部屋に入ってきたらどうしよう、と考えていたのに。

みんなが挨拶《あいさつ》をして、部屋から出ていく。教授は個室へ戻るドアのところで、僕の名を呼んだ。返事をすると、指で近くに来るようにと指示された。先輩たちの何人かが僕の顔を見る。何の話なのか、知りたそうだった。

教授の個室は書物に囲まれている。隣のゼミ室よりは暗くて、まるで空気の比重が違っている感じさえする。明るいのは窓の近くだけで、そこには、金色の鳥籠《とりかご》がスタンドに吊るされていた。中にいるのは、黄緑色の小さな鳥。ときどき、変な声を出す。教授は、その鳥がドイツ語を話すと教えてくれたけれど、僕は一度も聞いたことがない。

彼は、デスクまで行き、シガレットケースから一本を取り出した。デスクに軽く腰掛けるようにもたれかかり、マッチで火をつける。白い煙を吐いてから、首を少し傾《かし》げて僕にきいた。

「吸うかね？」

これを問われるのは、最初ではない。

「いいえ。煙草は禁じられています」

まえも、そう答えたはず。

「うん、だが、吸ったことはあるだろう？」

「あります」

「できれば吸わない方が良いな。しかし、君はきっと吸うことになるよ」

「どうしてですか？」

「そういう大人になるような気がする。違うかね？」

「いいえ」

「同室の友人とは、うまくいっているのかな？」

「はい、いっていると思います」

「彼は優秀な人間だ、君も多くを学ぶことができるだろう」

「はい、そう思います」

「なにか、悩んでいることがあるのでは？」

「僕ですか？　いえ、特には……」

「ユーリはどうだね？　なにか心配事を抱えているように見えないかね？　それで、実家に帰ったのかもしれない」

「いえ、聞いていません。特に、問題はないと思いますが」

「力になってあげなさい」

「はい、もちろんです」

「うん、もうよろしい」

「ありがとうございました。失礼します」

「あ、オスカー、そこの缶を持っていきなさい」煙草を持った手で、ワーグナ教授はキャビネットの上のものを指さした。いつものことだった。

コーヒーの豆を挽《ひ》いたものを教授からもらって、僕は部屋に帰った。ユーリが戻っていたらコーヒーを淹れよう、と思っていたけれど、彼はいなかった。

2

その日の午後には、ユーリはもういつものとおりの彼だった。僕は、しばらくトーマの話は棚上げにしようと思った。たぶん彼も、そうしてほしいと願っているだろう。時間が経てば、砂で作った城が風で崩れていくみたいに、記憶が風化する。それを待った方が良い。慌てて無理に決着をつけない方が良い。

ユーリは、特に変わったところはなかった。苛立《いらだ》っているように見えるときもあるし、また言葉の端々から刺々《とげとげ》しさを感じるときもある。けれど、それは逆に彼らしい。以前から、そんな傾向はある。相変わらずの彼だと考えるのが良いだろう。

最初に彼に会ったとき、今よりも少しだけ幼くて、ぼんやりとした明るさをまだ残していた。ときどき笑顔を見せたものだ。あの笑顔は今はない。ただ、その程度の変化ならば、誰にでもあること。僕だって、何年もまえに比べたら、この頃は大声で笑ったりはしない。はしゃぎ回ることもなくなった。それらは、大人になる、あるいは成長、というものだろう。合理的で無駄のないものへと自然に洗練されていく過程、と考えるべきだ。

ユーリとは話さなかったものの、ほかの連中とは、死んだトーマのことが話題になる機会があった。下級生たちは、素直に同級生を失ったことに顔を曇らせるし、上級生たちが、彼を美化して話すのを聞いた。また、何人かはトーマの写真を持っているようだ。僕に見せてくれたのは、カメラが趣味の院生の先輩で、高級な装置で撮影されたものだった。彼が、写真をみんなに渡したらしい。たぶん、金を取ったのではないか。もちろん、そんなことは口にしなかった。

その写真は、どこなのかわからないが、上等な椅子に腰掛けているトーマだった。脚を組み、片腕は肘掛けに添えて、その手が頰に触れている。少し首を傾げているように見えた。視線はこちらを向いているようで、僅かに避けられている。そういえば、彼の視線はいつもそんなふうだったな、と僕は思い出した。どこを見ているのだろう、と不思議に感じたことがあったのだ。

先輩は、自分が撮影した写真が遺影に使われたことを自慢げに語った。

「どんな事故だったんですか？」僕は尋ねた。市内の実家で行われたトーマの葬儀に参列した、と聞いたあとだ。

「いや、そんな説明はなかったよ」メガネを指で押し上げて、先輩は少し引きつったような笑みを浮かべた。「まあ、説明がないってことがさ、うん、つまり、そういうことなんじゃないかな」

「そういうことって？」

「自然現象の結果としてではない、ようするに、意志に反してではない、ということさ」

「自殺ですか？」

「そう、それも、可能性としてはある」

「え、ほかにも、なにか可能性が？」

「たとえば、そうだね……」彼は今度はメガネを取った。ポケットからハンカチを取り出してレンズを拭く。「ほら、ありえない話ではないだろう？　誰かに殺されたとか」

「なるほど」僕は頷いた。「でも、それだったら、警察がもっと捜査をしているのでは？　刑事がこの学校にだって来るはずです」そうなれば、ユーリと同室の僕に対しても事情をききにくるだろう。現場の状況から、事件性がなかったことは明らかだ。

「ちょうどさ、そのときって、ユーリはここにいなかっただろう？」先輩が言った。

「どういう意味ですか？」

「いや、まあ、それだけのことだよ。事実は事実。それ以外のなにものでもない。そこから何をどう想像するのかは、人間の自由であり、権利というものだ」

「想像するのは自由ですが、言葉にすれば責任が生じます」僕は言った。

先輩は、僕を睨んで黙ってしまった。

その程度の細かい詮索《せんさく》は周囲でも幾つか、無責任に繰り広げられていた。僕はすべて聞き流したし、もちろん、そのことをユーリに話したりはしなかったけれど、彼の耳にも届いていたはずだ。ユーリとはあれ以来、必要最小限の会話と、それから物理学の話しかしていない。物理には、まだ彼が僕に尋ねる領域があるからだ。僕の方が少し長くそれを勉強しているだけの話で、既に知識でも理解度でも追い抜かれそうだった。

「将来は、どちらへ進むつもり？」僕は彼に尋ねたことがある。

「どちらって？」

「数学か物理か」

「ああ……」彼は一度小さく頷いてから、壁に視線を向けた。しかし、すぐにまた僕を見て答えた。「研究者にはならないかもしれない。もっと社会の役に立つこと、国の利益に直結するような仕事がしたいな」

「そういう人間はいくらでもいるさ。君は、先端の研究をすべき才能を持っていると僕は思うけれど」

「ありがとう」ユーリは無表情で頷いた。

「先生にも、そう言われるだろう？」

ユーリはもう一度頷いたものの、そのまま黙ってしまった。本を広げているデスクに視線を戻した。僕はベッドで寝転がって本を読む習慣だけれど、彼は必ず机で本を読むのだ、姿勢良く座って。

ときどき、そんな彼をじっと眺めてしまうことがある。横から見たときの顎のラインは、教会の壁に描かれた絵の中で、子供の天使に手を差し伸べる女性に似ていた。

否、全然似ていない。形が似ているという意味ではなくて、何だろう？　それを連想してしまうのは確かなのだけれど。

あの手紙を、彼はどうしただろう。机の引出しの中に仕舞ったのだろうか、それとも破り捨てたのだろうか。この部屋の見える場所には、それはなかった。もちろん、僕は彼の領域、たとえば机や棚や、鍵のかかっていそうにないトランクを、黙って開けたりはしない人間だ。笑われるかもしれないが、こういったときに僕はいつも神様を思い出す。たぶん、小さいときに母親から繰り返し、その教訓を聞かされたせいだろう。自分でも笑いたくなるほどだけれど、今のところは大きな抵抗を感じない。

結局、トーマの死は、池に落ちた小さな石みたいに、波紋を広げたものの、水面はすぐに静かな平滑《へいかつ》に戻った。時間は無慈悲に、あるいは楽観的に刻まれていくし、僕たちはどんどん大人になるし、否応《いやおう》なく世界は日々変化している。そう、あの程度のこと……、ほんの小さなことだ。ずっと将来に、そんなこともあったよね、と語られるくらいのこと。そういうことなのだな、と振り返った頃だった。

もう一つ石が投げ込まれたのだ。

それは、日曜日の午前中だった。朝早く、ユーリは一人で出かけていった。街へ買いものにいくと話していた。それが、正午頃に戻ってきて、血の気の引いた青い顔をしているのだ。あの日の、幽霊のような青さと同じだった。僕はびっくりして、彼にどうしたのかと尋ねた。

「いや、なんでもない」彼はベッドに腰掛けた。そして深呼吸をするように息を吐いた。まだ、コートを着たままだった。

なにかあったことはまちがいない。僕はしばらく待った。窓を開けていたけれど、彼のためにそれを閉めた。そして、窓際の椅子に座って、本の続きを読む振りをして、彼を観察していた。

ユーリはしばらく額に手を当てていたけれど、ようやく立ち上がってコートを脱ぎ、それを仕舞いにいった。それから、こちらを振り返って僕に言った。

「転校生が来た」

「え、転校生？」

「聞いている？」

「いや」僕は首をふった。「どうして、僕が知っていると？」

「君は、校長と親しいだろう？」

その言葉には、少々驚いた。

「ワーグナ教授と？」僕は吹き出すように息を吐いたかもしれない。「僕が？　どうして？」

「いや、違っていたら……、失礼、悪かった」

彼は僕に視線を合わせず、ドアへ向かう。

「図書室に行く」そう告げてから、出ていった。

まず、ワーグナ教授と自分のことを、どうして彼がそんなふうに言ったのか考えた。上等なコーヒーを僕がもらってくる。それをユーリと一緒に飲んでいる。そのことで彼が感じたのだろう、という解釈に落ち着いた。それから、彼が言った言葉をようやく思い出した。

転校生？

この時期に珍しいな、と思い至った。学期をまだ数カ月残しているからだ。どうして、そんな話をユーリがしたのか。考えたけれど、わからなかった。僕は再び窓を開けた。窓の桟《さん》に腰掛けるのが好きだ。今日は、それほど寒くはない。小春日和といっても良いのではないか。特にこの時間は日が当たって、この場所が本を読んだりするのに最適なのだ。飛び降りたら確実に骨折するくらいの高さではあるけれど。

下から名前を呼ばれた。中庭の石畳の真ん中で同級生がこちらを見上げていた。クラス委員をしている真面目な黒メガネだ。

「何だ？」

「転校生が来たんだ」口に手を添えて、彼が言った。

「そうらしいね」

「どうして知っているんだ？」

「いや……、べつに」理由は言わなかった。

「それがさ、ちょっと、凄いんだよ。君もすぐに会うべきだよ」

「誰に？」

「だから、その転校生にだよ」

「そのうち会えるだろ。何が凄い？」

「会えばわかるさ」

　黒メガネは、ユーリから引き継いでクラス委員になった。それがもの凄く嬉しかったみたいだ。ユーリは僕に替わってくれと言ったけれど、もちろん丁重に辞退した。なりたい奴がいるだろう、というのが僕の理由で、それがつまり彼だったのだ。今は張り切って役目を果たしている。人間って善良な生き物だな、と再認識したし、社会がこんなにもまっとうに運営されている根本的な仕組みを、少し理解できたように思えた。

このときは、ほんの少し引っかかっただけで、その転校生のことを、僕は午後にはすっかり忘れていた、夕食のとき、食堂で彼に会うまでは。

3

食堂へは、ユーリと二人で行った。だいたい座る席は決まっている。壁際の端だ。僕が一番端で、彼がその隣。どうして、自分が一番端なのかというと、たぶん、僕が同じ学年のみんなよりも歳が上だからだと思う。食堂でみんなと一緒に食べるのは、寄宿生のうちでも、僕たちの学年以下で、先輩たちは食堂を利用しても良いし、外食でも良い。自分の部屋で食べることも許可されている。だから、あと少し辛抱すれば、この喧噪《けんそう》、すなわち、食器とスプーンがぶつかり合う、あのがちゃがちゃというノイズ、さらに、ひっきりなしに笑ったり、異常な声を上げて話したりする音の集合、そんな環境で食事をしなければならないこの境遇から晴れて解放されるのだ。僕はそれを密かに楽しみにしていた。静かなところで一人だけで食事がしたい、と思う。子供のときの食事といえば、寂しいくらい静かだった。そのときは、賑やかな食事に憧れていたけれど、でも、やっぱり自分は、煩《うるさ》いのが嫌いなのだとわかったのだ。

転校生が食堂の真ん中近くで紹介された。紹介してるのは黒メガネだ。転校生の名前を彼が告げた。本人は軽く頭を下げただけだった。みんなが拍手をして、それから、またこそこそ話が再開した。僕の位置からは、転校生の顔が見えなかった。それよりも、僕は隣のユーリを気にしていた。彼は終始視線をテーブルに落とし、部屋の中央を見ないようにしているようだった。

当の転校生は、席についた。華奢《きゃしゃ》な感じの肩しか見えなかったけれど、こちらを振り返ったときに目が合った。

驚いた。

しばらく、そこから目が離せなくなり、彼が振り返るたびに、その顔を見入ってしまった。彼は、僕ではなく、隣のユーリを見ているようだった。何が気になるのだろう。

そうか、なるほど……。

僕がそちらを見ていることに気づいたのか、向かいの席にいた同級生が話しかけてきた。そいつは、鼻に絆創膏《ばんそうこう》を貼りつけていた。面皰《にきび》だろうか。

「似ているだろう？」

た。「親戚か？」

「ああ」僕は頷いた。ちらりとまた隣のユーリを窺《うかが》ったが、彼は関心がなさそうだっ

「さあね」絆創膏が大袈裟《おおげさ》に肩を竦《すく》めた。

驚くべきことに、転校生はトーマにそっくりなのだ。顔が似ている。そう思ってよくよく観察すると、背格好もほぼ同じだった。違いといえば髪形で、肩に届くほど長い。女のようだ。

「どうして今頃、転校なんだ？」僕は尋ねた。

「いや、そんなの知らないよ」絆創膏が首をふる。「説明なんて、まるでないし」

食事のあと、通路で黒メガネと話をしたが、転校生についての詳しい事情は彼も知らなかった。

「謎だよ」彼はもっともらしい顔でその台詞を口にした。それだけで、僕は吹き出しそうになった。この可笑しさが憎めない。「あれだけトーマに似ているんだから、ただごとではないよ。なにか裏があるにちがいないんだ」

「たとえば、どんな？」僕はきいてみた。

「いや、そこまでは僕にはわからない。君なら知っているんじゃないかと思ったんだが」

「どうして、僕が？」

「なんとなくさ」

わけのわからないことを言う。

部屋に戻ったあと、ユーリに彼のことで話をふってみた。

「顔が似ているだけだ」彼は表情を変えない。「トーマとは関係がない」

「まあね、関係があるのなら、話が伝わってくるだろうからね」僕は頷いた。

神様の悪戯《いたずら》、あるいは試練？　そんな言葉だけの奇妙なフレーズも、思いついただけで恥ずかしくなる。せっかく忘れようとしていただろうに、その顔、その姿の人間が現れた。そう、人形ではなく、人間だ。たしかに奇跡的かもしれない。トーマの死が謎に包まれていたことも、不思議さを増長させているだろう。つまり、もし二人が並んで立つところを見れば、誰もが違いを見つけるだろうし、世の中にはこの程度の相似《そうじ》は起こりえるのだ、で済んだことかもしれない。一人がこの世から消えてしまい、もう一人がそのあとすぐに現れた、というタイミングが奇跡的なのである。

その後も、講義で幾度かその転校生と会った。教授がつけた渾名はエーリクだった。学生の間では、トーマという同じ名になるのではないかという噂《うわさ》が流れたが、まさかそんな個人の尊厳を無視したことを教授がするはずがない、と僕は確信していた。

そのエーリクだが、これが少々変わった人物で、なんというのか、口のきき方がまず乱暴だった。まあ、誰が歳上なのかわからない、という事情はあったかもしれないが、教官に対しても、そんな口調なのだ。

「それ、間違っているよ、先生」

数学の老教師は頭に血が上って、エーリクをもう少しで打つところだった。

「すみません。先生。彼は、田舎から出てきたので、まだうまく話せないのです」

ユーリが間に入って、それを止めた。

ちょうど講義終了時刻だったので、その場はそれで収まった。黒板に書かれた式は、たしかに間違っていたのだ。教官が出ていったあと、エーリクはそこをチョークで直した。黒メガネが、黒板消しを持って、それを消そうと待っていた。ユーリは、教壇まで出ていって、エーリクを睨んだ。何人かが、この様子を少し遠巻きにして見ていた。

「僕が田舎者だって？」エーリクが高い声で言った。「余計なことを言わないでほしいな」

「悪かった」ユーリの方は冷静な声だ。「君が打たれるのを見たくなかっただけだよ」

「あんな老いぼれの鞭《むち》なんか、簡単に摑《つか》めるさ。避けることだってできたよ」

「そんなことをしたら、ただでは済まない。謹慎処分になるか、悪くすれば停学だ」

「停学？　だって、間違っていたのは先生の方じゃないか」

「誰にも間違いはある。それから、ものの言い方というものがある。気をつけた方がいい」ユーリは静かに言った。彼らしい、相手を諭《さと》すような口調だ。

「馬鹿馬鹿しい。どんな言い方をしても、伝わるべきものが本質じゃないか。表面的なものに囚《とら》われる方がおかしい。レベルが低い。ここには、もっと頭の良い人間が集まっていると思っていたのに」

エーリクはそう言い捨てて、部屋から出ていこうとした。

「トーマと大違いだ」教室の奥にいた誰かが囁《ささや》いた。

教室の出口のところでエーリクが立ち止まり、そちらを振り返る。誰が言ったのか、素早く確かめる視線だった。

「誰だ？　おい！　もう一度言ってみろ」

窓際にいた奴が立ち上がった。こいつはクラスで一番躰が大きい。たぶん、体重はエーリクの倍はあるだろう。

「大違いだ、と言っただけだ。なにか気に入らなかったかい？」

「そのトーマという人間が、いったい僕と何の関係がある？」

「関係があってもなくても、違っていると指摘しただけだ」

「馬鹿馬鹿しい……」

エーリクはそのまま通路へ出て、ドアを勢い良く閉めた。それは、大きな音を立てた。少し遅れて、予想もしなかった音が鳴り響いた。ドアの窓ガラスが落ちて割れたのだ。

「おい！」みんなが声を上げて、大騒ぎになった。

「こら、待て！」教壇の近くにいた黒メガネが叫んだ。彼にしては、機敏な判断だったかもしれない。クラス委員として責任を感じたのだろう。

ユーリはもう下を向いて、ノートと教科書をまとめている。

僕は通路を歩くエーリクをガラス越しに眺めた。僕が座っていたのは教室の一番後ろの席だったから、すぐ近くにもう一つのドアがあった。しかたなく決断をして、そこから通路に出た。エーリクが通り過ぎたところだった。僕は彼の手首を掴んだ。なんとも細い手だった。彼はこちらを向く。

「何だよ？」

「待て。見ただろう？」

「手を離せ」

「ガラスが割れた」僕は手を離してから言った。「君が割ったんだ」

「ああ……、そうかもしれない。なんてボロなんだ、この学校ときたら、なにもかもが……」

「片づけていけ」

「どうして僕が？」

「手伝ってやるから」

彼は、僕を見たまま黙った。考えているようだ。教室の方は見ようとしなかった。

「わかった。どうやって片づける？　やり方がわからない」

教室を見ると、窓に大勢の顔があった。こちらを見物しているのだ。僕は、通路の先にある倉庫まで歩いた。エーリクが黙ってついてくる。ドアを開けて暗い部屋に入り、箒《ほうき》と塵取《ちりとり》、それにバケツを手に取った。箒はエーリクに手渡した。

「君、名前はなんていうの？」彼が尋ねた。

「オスカー」

「どうして、みんな、変な渾名で呼び合っているんだ？」彼は鼻で笑った。「笑えてくるよ」

「ドイツの大学の習慣だ。慣れれば気にならない。それから、僕の名は本名だ。渾名じゃない」

「オスカーが？　日本人じゃない？　ああ、そういえば、そんな顔だね」

倉庫を出て、また通路を戻った。

「気は収まったか？」僕は尋ねた。

「べつに、興奮したわけじゃない。僕は間違ってない」

「しかし、ガラスは割れた。自然に割れたんじゃない」

「うん、だから、片づけるよ、でも……」エーリクは箒を前に持ち上げる。「こんなもので？」

疑問形の多い奴だ、と思ったが、悪い人間じゃなさそうだ。

教室にはまだ大勢が残っていた。ただ、ユーリの姿はもうなかった。クラス委員の黒メガネが入口の外に立って待っていた。

「事務室には僕が報告しておく。オスカー、君がやる仕事ではない。エーリクが一人で片づければ良いと思う」

「手伝うんじゃない。教えてやるだけだ」僕は答えた。それから、ほかの連中に言った。「見せ物じゃないぞ」

黒メガネはおかしな笑みを浮かべて、通路を歩いていった。教室の中にいた奴らも、後ろの出口から水が引くように去った。

「バケツの中に割れたガラスを入れるのか？」エーリクがきいた。

「ああ、外に捨てるところがある。そこまで運ぶんだ」

「拾えば早い」エーリクはしゃがんで、手を伸ばした。

「触るな」僕は注意をした。

「え？」彼は顔を上げる。

彼の指に赤いものが見えた。エーリクも自分の手を見た。赤い血は、床に落ちた。

「余計なことをするからだ。もう、いいから、さきに手を洗ってこい」

彼は、まだ自分の指を見ていた。黙って。それから、ゆっくりと立ち上がった。一度、僕を見た。顔が真っ青だった。指の出血はどんどん酷《ひど》くなる。口に含むとか、すれば良いのに。初めて血を見るような驚いた顔だった。

僕は舌打ちしたかもしれない。医務室へ連れていこう、と彼の手を取ろうとした。しかしそのとき、彼の方が僕に近づいた。倒れかかってきたのだ。躰が崩れるようにがくんと落ちる。僕は彼を抱きかかえなければならなかった。床にはガラスが散らばっているのだ。こんなところに倒れたら始末が悪い。

「どうした？」

彼の顔はますます白くなっていて、目を閉じていた。口を少し開けたままだ。返事をしない。意識がないのか。

病気だろうか。

振り返ったが、近くにはもう誰もいなかった。

4

通路のガラスのないところまで引きずって、まずは床に寝かせた。貧血ならば、頭を低くした方が良いのでは、と考えたからだ。

幸い、彼はすぐに目を開けた。

「大丈夫か？」

「ああ……」

さきほどよりは、顔色が少しだけ戻った感じではある。彼は起き上がろうとした。

僕はとりあえず自分のハンカチで彼の指を押さえていた。傷自体は小さい。押さえていれば、血はすぐに止まるだろう。

　エーリクはゆっくりと力のない深呼吸をした。僕が押さえていたハンカチを、自分の手で摑んだ。それから、自分の力で少しだけ移動し、壁にもたれかかった。脚を投げ出した格好で、人形のようだった。

「血を見たからかな」彼は呟《つぶや》いた。

「貧血か？」

「そう……。どうってことないよ」

「なにか病気なんじゃあ？」

「違う」彼は首をふった。教室のドアの方へ顔を向ける。「ガラスを片づけないと」

「いつでもいい」

「ハンカチは、新しいのを買って返す。ありがとう。触っただけなのに、どうして切れたんだろう？」

「そういうものだよ。知らなかったのか？」

「知らなかった。本には、そんなこと書いてないよ」

「どんな本だよ」僕は立ち上がった。

　彼をそこに残し、僕はガラスを片づけに戻った。簡単な作業で、すぐに終わってしまった。こうまで大騒ぎになるなんて、思いもしなかった。どうして、僕がこんな面倒をみているのだろう、と不思議な気分になったけれど、まあ、そんな特別な日もあるさ、とあっさり考えることができた。まったく腹も立たなかった。それもまた、不思議なことだ。

掃除道具を倉庫へ返しにいき、バケツに入ったガラスの方は裏庭へ運ぶことにした。このときには、エーリクも普通に歩いてついてきた。指はハンカチを当てたままだ。

「もう血が止まったかな」彼は言った。

「見たらわかる」

「うん、ちょっと……、それはまだ、やめておくよ」

「どうして？」

「なんとなく」

「指を切ったとき、一般的な応急処置は、自分の口で傷口を嘗《な》めることだ」

「そうか」彼は僕を見て、本当に驚いたという顔で頷いた。

「もしかして、知らなかった？」

「いや、忘れていた」

「忘れていた？」

「ママンがしてくれたから、もちろん知っている。見たことはある」

「ママン？」

「ああ……、えっと、つまり、僕の母親のことだよ」

知っているさ、という言葉が口から出るまえに、僕は吹き出してしまった。

「なにか、可笑しいかな？」彼は憮然《ぶぜん》とした顔だ。

「失礼」

「笑っただろう？」

「悪い。しかし、あまり一般的ではない、その、呼び方は」

「ああ、そうだね、そうかもしれない。でも、その家庭によって、それぞれだろう？」

「そのとおりだ。悪かった」

なんというおぼっちゃんだ、と僕は呆《あき》れた。ガラスの破片を捨てて、バケツを倉庫に戻してから、医務室へ彼を連れていった。そんな必要はない、と彼は主張したが、それでも、抵抗もせずについてきた。途中でクラスメート数人に出会って、次の講義が休講になった、と聞いた。休講でなくても、僕がサボることの多い英文法である。

医務室には、この学校で唯一の女の先生がいる。マリア先生と呼ばれていた。渾名なのか、それとも本名か、本名に近いのか、僕は知らない。少し変わっている。いつも暗い感じの表情で、幽霊みたいに髪が顔にかかっている。たぶん三十代。かつては講義もしていたというが、今はずっと医務室にいる。学生よりは、先生たちの健康管理の方が本業みたいだった。彼女は無言でエーリクの指の傷を消毒し、包帯を捲《ま》いてくれた。素早い処置で、たちまち治療は終わってしまった。

「おしまい。そちらの君は？」マリア先生は僕の方を見た。僕の名前は知っているはずなのに、だいたいいつも彼女はこんなぶっきらぼうな感じなのだ。

「いえ、僕はなんともありません」

「じゃあ、どうしてここへ？」

「彼を連れてきただけです」

「そう……」口許を少しだけ緩めた。でも、笑ったわけではない。彼女が笑ったところなんか見たことがない。「それじゃあ、連れて帰って。お大事に」

「ありがとうございました」エーリクが頭を下げた。「お礼は、のちほど、改めて」

「は？」彼女は顔をしかめた。「何が言いたいの？」

「とにかく、行こう」僕はエーリクの背中を押して、医務室から出た。

少なくとも、礼儀正しいことが言えるじゃないか、と僕はほっとした。ただ、この転校生が、少々世間知らずであることを考慮した方が良さそうだ。

　医務室から出たところは中庭で、正面のピロティを抜けていくと、グラウンドと研究棟の方へ通じている。そこは天井がアーチの橋のような形で、建物がピロティを跨《また》いでいる、ちょっと変わったデザインだった。先に見える遠くの風景は明るかったけれど、建物の陰になるから中庭へは午後の日差しはもう届かない。ただ、風がないため、特に寒いというわけでもなかった。左手には、実験用の温室が二つ並んでいる。

「これは、何を栽培しているの？」エーリクがそれを指さしてきいた。

「知らない。何だろう、中を見たこともない。興味があるのなら、見ていけば？　鍵はかかっていないと思う」

「いや、しばらくガラスには近づきたくないよ」彼は苦笑した。機嫌が良さそうだ。

「さっきのあの女の人は、誰かの奥さん？」

「さあ……、違うと思うけれど」

「独身なんだ。いくつ？」

「知らないよ。僕らよりはだいぶ上だ」

「それくらいわかる。あ……、そうか、冗談だね？」

「ああ」僕は頷きながら、また笑ってしまった。

「親切な人だったね」

「そうかな」そんな印象を持つなんて、人間はさまざまだな、と僕は思う。

「だって、丁寧に治療をしてくれた」

「彼女はあれが仕事なんだ」もしかして、慈善活動をしているとでも思ったのだろうか。女性だから、そう勘違いしたのかもしれない。学校から賃金を得て、仕事であそこにいるのだ、と説明をし直そうかと考えたけれど、僕もそろそろ疲れてきたらしい、面倒なので黙っていた。

エーリクは温室の前で立ち止まり、じっとそちらを見ていた。僕は彼から少し離れて、彼を観察していた。横顔もトーマに似ている。滑らかな顎のラインがそっくりだ。

「ユーリと同室だって、聞いたけれど」彼がこちらを向いてきいた。

「ああ、そうだよ。二人部屋だ」

「へえ、どうして？」

「たまたま、そういう部屋なんだ」僕は指さした。「この建物の向こう側になる。中庭側の部屋だ」

「特別に？　希望して？」

「誰がどの部屋を使うかは、先生が決める。原則として、希望は聞き入れられない」

「あいつ、ちょっと変だよ。思わない？」

「ユーリのこと？」

「そう、ユーリ」

「うーん、まあ、どこに基準を置くかだけれど」

「最初に見たとき、もう目が血走っていて、頭がおかしい奴かと思った。トーマって子と間違えたんだね、きっと。こう……」彼は、自分の襟《えり》を摑むジェスチャをする。

「いきなり摑みかかってきてさ」

「ユーリが？」僕は少し驚いた。「いつ？　どこで？」

「学校へ来た日、えっと、駅の近く。公園があって、そこを通り抜けて……、ベンチで、あいつ、なんか読んでいた。うーんと、たぶん手紙」

「ああ、あの日か」そう、日曜日だ。ユーリは出かけていた。「公園って、どこの？」

「いくら似ていてもさ、死んだ奴だろう？」エーリクは片目を細める。「普通じゃない。おかしいよ。何があったの？　もしかして、ユーリが殺したんじゃないのかな」

「変なことを言うもんじゃない」僕はすぐに窘《たしな》めた。

「でもさ……、そうでもないかぎり、ちょっと常軌を逸していると思うな、あんなに興奮するなんて」

「彼は、そう……、普段は冷静な人間なんだけれどね、たしかに、少々思い詰めるというか、そういう面はある。見かけによらず、短気なところもあるし」

「見かけどおりだよ、短気だよ」

「そういう面をさきに見たわけだ」

「人違いだとわかったあとだって、謝りもしなかった。もの凄く無礼だと思うよ。僕はあのことを忘れない。彼が頭を下げるまで、絶対に認めないから」

「わかった。君の言い分は正しいと思う。ユーリに伝えておくよ。トーマが死んだことで、たぶん、少々混乱していたんだと思う。君に失礼があったことを、きっとあとで自覚したと思うよ。それで、さっきだって、君を庇《かば》っただろう？　君のために弁解をした」

「あれが？　とても僕のためと思えない」

「やり方が最適だったとはいえないかもしれないけれど、少なくとも、彼なりの……」

「敵意があるようにしか僕には見えないね。顔が似ているというだけで、そのトーマって奴と同じように恨まれるなんて、たまったもんじゃないよ」

「いや、それは違う。うーん、彼はね、トーマを恨んでいたわけではないんだ」

「え？」温室の方を向いていたエーリクがこちらへ顔を向けた。「仲が悪かったんじゃないの？」

「良かったわけではないけれど、喧嘩《けんか》をしたわけでもないし」

「いや、大嫌いだったって聞いたけどな」エーリクが言う。「彼自身がそう言ったのを聞いたよ」

「君にそう言った？　どこで？」

「えっと、僕以外にも何人かいたけれど」

「それは、たぶん本心じゃない」

「嘘つきだってこと？」

「少なくとも、彼は単純な人間ではない、というか……」

「ふん」エーリクは息を鳴らす。「どうして、そんなに、ユーリのことを弁護するわけ？」

「いや、そんなつもりはない。とにかく、死んだ奴のことが発端なんだ、無駄な争いを見過ごせないだけだよ」

「うん、それはそうだね」エーリクは微笑んだ。「まあ、なんだっていいや。ユーリもさ、そんなの忘れちゃえば良いことだと思うな」

「同感だ」

僕たちは、また歩いた。ピロティのアーチをくぐり抜ける。別の中庭に出た。

「どうもありがとう。ハンカチを汚して、すまなかった」エーリクは言った。「お礼は、改めて」

「ああ、わかった」僕は笑いを堪《こら》えて頷いた。

エーリクは、校舎の中へ消えた。トンネルのようにそこは暗かったから、すぐに見えなくなった。僕は煙草が吸いたいなと思いついたけれど、もちろん、こんなところではできない。自分の部屋を見上げることができた。窓は閉まっていたが、ガラスの中にユーリの姿が見えた。こちらを覗《のぞ》いていたようだ。すぐに見えなくなった。

5

階段を上り、部屋の前まで来た。通路の突き当たりの小さな窓から、明るい光が届いていた。そちらへ行き、外を眺めた。樹々の影が長く地面に伸びている。ユーリと話す内容について少し考えた。話さない方が良いかな、とも思えたけれど、そろそろ気持ちの整理がつく頃ではないか。そう、エーリクのことは話すべきである。僕は決心をしてドアまで戻った。

部屋に入ると、彼は机に向かって本を広げていた。僕は上着を脱ぎ、ベッドに腰掛けた。ここまでは無言。

「エーリクが怪我をしたんだ」僕は言った。

「怪我？」ユーリが機敏に振り返った。

「大したことはない。ガラスを触ってね」

「ああ……」彼は頷いたあと、僅かに眉を顰《ひそ》める。

「それで、一緒に医務室まで行って、帰ってきたところ」

「どうして、僕に報告を？」

「窓から見ていただろう？」

「いつ？　見ていない」

「じゃあ、僕の思い違いだ」僕は片手を広げて見せる。「えっと、それで、彼から、君のことを聞いた。最初の日に公園で会ったとき、君が彼に摑みかかった、と言うんだ。そのことで、彼は怒っている。君が謝っていない、と主張していた」

ユーリは黙っていた。

「君の見解は？」僕は尋ねる。

「摑みかかってなんかいない」ユーリは答えた。「思い違いだ」

「そうかもしれない。でも、彼はそう感じたみたいだよ」

「向こうの問題だね」

彼は、再びデスクに向かった。もう話をしたくない、という態度のようだ。僕はベッドに寝転がって、天井を見た。

べつに、そこまで立ち入る必要もないか、と考える。人間関係というのは複雑なものだ。それぞれが意地を張る。アイデンティティを保とうとするから、摩擦が起こるのも当然だ。全員が全員と平和的に親しくなるなんて、逆に気持ちが悪い。そんなユートピアなんて、想像しただけでぞっとする。いいじゃないか、このままで……。特に問題ではない。

「トーマのことは、どう思う？」なんとなく、口から言葉が出た。

「どうって？」

「死んだことについて、どう思う？」

「なんとも思わない」ユーリはこちらを見ないまま答えた。「死んだ人間はもう存在しない。どう思ったって、意味はないよ」

「彼のことが、嫌いだった？」僕は尋ねた。

「そんな感情は僕にはない」

「生きているときの彼と、死んだあとの彼と、どちらについても？」

「そうだね」ユーリは即答する。

エーリクと話題にしたことだ。ユーリがトーマをどう思っていたかを、僕は理解しているつもりだけれど、言葉にすると、けっして本当の表現にはならない。それでも僕は言葉にする意味があると、このとき感じた。

「嫌いではないにしても、歓迎はしていなかっただろう？」

「鬱陶《うっとう》しい奴だったよ、はっきり言って」ユーリは言う。「死んだ人間のことを悪く言いたくないけれど」

「鬱陶しい……か」

「迷惑だった」

「手紙をもらったから？」

「そう」

「でも、君は読まなかっただろ？」

ユーリは振り返って、僕を冷たい視線で見据えた。

「なにか、僕に言いたいことが？　僕は今、本を読みたいんだ」

「悪い」僕はまた片手を広げた。それから、小さく溜息をついた。「ただ、なんというのかな、もっと素直に考えれば良いんじゃないかって思っただけだよ。あいつは、トーマはさ、べつに悪い奴じゃなかっただろう？　礼儀をわきまえていたし、頭も良かった。君に失礼を働いたようには、僕は観察できなかった」

「だから？」

「だから、君が、彼をそんなに嫌う理由がわからない」

「そんなの、主観の問題だろ？　立ち入ってほしくない」

「うん、立ち入ろうとしているんじゃない。ただ、理由くらい教えてくれても良いだろう？　同居人が、何を考えているか知りたいと思うのが、いけないことか？　少しくらい安心させてくれても良いじゃないか」

「安心？　なにか不安でも？」

「ああ……。好意的に近づいてくる人間を、理由もなく嫌って排除するような人格には、少々危険を感じる、というだけだよ」

「誤解しないでもらいたい」ユーリは立ち上がった。「いいかい？　好きとか嫌いとか、僕にはどうだって良いことなんだ。僕がここにいるのは、学問のためだ。僕は学びたい。早く学んで、国のために働きたい。ここにいるほかの連中と友達になりたくて、ここにいるわけじゃないんだ。そんな些末《さまつ》な問題に囚われて、エネルギィや時間を消費することが、僕には我慢ならない。どうしてわかってもらえない？」

「何故そんなにむきになる？」僕は鼻から息を吐いた。それが、笑ったように彼には見えたようだ。

「喧嘩を売っているのは、そっちだ！」

彼がベッドへ歩み寄り、僕に掴みかかってきた。彼の手首を掴み、僕は横へ躰を捻《ひね》った。彼のもう片方の手が動くのが見えたから、そのまえに彼の躰に肩をぶつけて防いだ。ベッドの柱に背中が当たって大きな音を立てた。僕の手は彼の胸ぐらを掴み、ベッドに押し倒していた。彼よりは僕の方が力が強い。喧嘩で負けたことなんてないし、そんなことはユーリだってわかっているはずだ。彼はすぐに動かなくなった。

「挑発しただろう？」彼は言った。「殴りたかったら殴れ」

「挑発なんかしていない。誤解だ」僕は言う。「どうして、もっと穏やかに話ができない？」

「それは、こちらが言いたいね。最初から喧嘩腰だった」

「それも誤解だ。まったく違う」僕は力を緩めて、彼から離れた。ベッドの上でユーリは起き上がった。僕のベッドだ。

「喧嘩はしたくない」僕は言った。

「信じられない」

「本当だ」

「だったら、立ち入らないでくれないか」ユーリは言った。「この件では、もう話をしたくない」

「この件って？」

ユーリは立ち上がり、僕のすぐ横を掠《かす》めて、自分のデスクへ。椅子に座り、背を向けた。

急に腹が立ってきた。本当に殴ってやろうか、と考えた。こちらがこれだけ歩み寄っているのに、何だ、その態度は？

僕は、ベッドの下にある鞄から煙草を取り出し、それをポケットに入れた。そして、黙って部屋から出た。

結局のところ、他人と理解し合うということ自体に、そもそも無理があるのだ。人間はそれほど単純ではない。友好的でもない。自分に対してでさえ、友好的でないのだから。

階段を上って屋上に出た。斜めの屋根が迫っている一角で、僕は壁にもたれて煙草に火をつけた。煙を吐き出したときには、上着を着てこなかったことを後悔した。風がとても冷たい。

物音がしたので、振り返る。

「誰だ？」小声できいた。

大男が現れる。院生のバッカスだった。その名前は本当の渾名で、ワーグナ教授の命名ではない。彼は酒屋の息子で、よく実家から高級な焼酎が届く。そのことでついた本当の渾名だった。

「ここ、喫煙所か？」彼はにこやかに言った。

「吸い殻はちゃんと始末しますよ」僕は言う。

「隠れて吸わなくちゃいけないことに同情するよ。まあ、この学校が、学生に飲酒も喫煙も禁止しているってのが、少々問題なんだが」

「かなり大目に見てもらっていると感じますよ」

「本音と建て前か」

僕は煙草を吸ったままだ。バッカスも、煙草を吸いにここに来たのだろう。吸い終わって、建物の中へ戻っていくものだと思ったら、意外にも、ずっとそこに立っている。

「なにか？」僕の方から尋ねた。

「いや、ちょっとした頼み事があるんだよ」

僕はポケットから煙草を出して、彼の前に差し出した。

「違う違う」彼は手を振った。

「まさか、それで、ここで待っていたのですか？」

「いや、違うよ、ここにいたのは偶然だ。ちょうど良いと思ってね」

「何です？」

「転校生が来ただろう？　トーマそっくりの」

「ええ」

「彼……、えっと……」

「エーリク」

「そう、エーリク。彼を一度、お茶会に連れてきてくれないか」

「え、どうしてです？」

「以前に一度、トーマを招待したことがあった。あのときは、素晴らしかった。盛り上がったね」

「でも、トーマと彼は無関係です」

「うん、わかっている。まあ、べつに、そういう意味じゃないんだ。ただ、なんとなくね、その、お茶を飲むのには、華があった方が良いし」

「花?」僕は煙を吐いた。「意味がわからない」

「クラス委員にお願いしたら、あっさり断られた。僕にはそんな手腕はありませんって」

「ああ、なるほど」

「あいつは駄目だな。器が小さい」

「そうですね」

「どうして、ユーリを委員にしないんだ?　人望があるだろう?」

「ええ、でも本人が替わりたいって。なんだか、最近、少し変だし」

「ああ……」

「なにか知っているんですか?」

「あ、いや……」彼は急に笑顔を作った。「まあ、そういうときもあるさ。どんな楽園にだって、台風くらい来るだろう?」

「馬鹿みたいな比喩ですね」

「ついさっき、下でユーリに会ったんで、転校生のことをきいたんだけど、僕には手に負えないってさ。オスカーに頼むのが良いだろうって言われたんだ」

「そんなことより、本人に直接言えば良い」

「いやいや、それでは上品さに欠けるってもんだ。我々のグループは奥床しいんだ。可能なかぎり伝統を重んじている。いちおう、家柄というか……、知っているだろう?」

「ええ、まあ、だいたいは」僕は頷いた。

本人に頼んで断られたときに恥をかきたくない、ということだろうか。そういうのが、高貴な伝統の手法らしい。

「頼めるかい?」

「わかりました。伝えます。でも、保証はできませんね」

「もちろん、それはかまわない」彼はにっこりと頷く。「お礼はするよ」

バッカスは、その笑顔を保持したまま立ち去った。ドアが閉まる音が聞こえてから、僕はいちおう周囲を確かめた。屋上にはもう誰もいないようだ。煙草は既に短くなっていた。風が冷たいので、もう戻ろうと思った。

最後の煙を吐き出すときには、なんだかすべてが馬鹿馬鹿しく思えてきた。どうだってていいじゃないか。どうしてこんな面倒なことを考えなくちゃいけないんだ？　そうだ、ユーリが話していたことは、まさに正論だ。勉学のためにここにいる。そのとおりだ。

ああ、だけど、それにしても、どうも気持ちが収まらない。頭の上になにか重いものが載ったままだ。

しかし、頭の上に載っている石は一つではない。重い石は沢山ある。そもそもここへ来たときからそうだった。だんだん重くなっているように感じる。

将来の心配だろうか？　どんな仕事をしようか。たしかにその問題はある。これまで適当に生きてきたけれど、そろそろ決めなければならない。たとえば、卒業して就職をするのか、それとも、さらに上へ進学するのか。自分は何に向いているだろう？　他人が何に向いているかは、わりとわかる方だと思う。本人よりも僕の方が的確に把握していることだってあるだろう。でも、自分のことになると、さっぱりわからないのだ。これは、みんなそうなのだろうか？

一瞬でそれらの周辺問題に思いを巡らした。頭が冷えたけれど、躰も冷えた。煙草を消して、吸い殻を持ったまま、僕は建物の中に入った。ドアを閉めるときに、空気の流れで音が鳴り、階段室に響いた。

第2章

――まっぴらだ
死の負債をせおって
生きていくなんて――！
だからぼくは
きみの影を
抹殺しなければ
ならないのだ
ぼくがこのまま
生きながらえる
ためには
どうしても

1

エーリクは、しだいに人気者になった。それは単に、世間知らずのおぼっちゃんだということが、周知されたからだろう。彼の無礼さは、誰もが忘れていた子供っぽさにすぎなかったし、そういう目でみれば、それは困った問題ではなく、素直でごく自然のことに感じられた、というわけだ。みんながエーリクを認め始めたのは、もちろんそれだけではない。彼には顕著な才能があったからだ。理数系の講義でそれはすぐに露《あら》わになった。教官が出題する課題も、彼はたちまち解いてしまう。

「もう習ったことだったのか？」

「どうやって解いたんだい？」

初めのうちは、みんながそう尋ねた。

「習っていないよ。でも、こうしかならない。数学っていうのは、真っ直ぐなものだからね」

自慢も素直に表に出る。にっこりと微笑む幼さ、無邪気さが、たぶん嫌味を消し去っているのだろう。誰も反感を持たなかったようだ。エーリクはそんな笑顔のあと、きまってユーリの方を見た。僕はそれに気づいて、いつも観察していた。ユーリは、エーリクとは目を合わさない。あるとき、エーリクは僕にこう打ち明けた。

「ユーリは、僕に嫉妬《しっと》しているんじゃないかな。どう思う？」

「嫉妬って？」

「数学で僕が最高点を取ったから。彼のプライドを傷つけたかもしれないと思って」

「余計な心配だと思うよ」

「そうかな……。うん、まあ、それはそうだけれど、どうして、あんなに冷たい目で睨まれるんだろう？　もう、本当にぞっとするよ。彼だけが、どうしても……、あ、なんかさ、友達になれない。絶対に、僕のことを敵視している。みんなだって、そう言っているし」

「どう言っている？」

「トーマのことがあったからだって」

「どういうことかな」

「いや……、それ以上は、誰も教えてくれない。ねえ、何があったわけ？　トーマとユーリの間に」

僕は考えた。すぐには答えられなかった。

「特になにもないよ。たぶん、噂ならばいろいろあったけれど、いずれも単なる憶測だ」

「君は知っているんだろう？」エーリクは僕をじっと見た。

「知らない」

「なにもなかったことをどうして知っているの？　どうしてそんなことが断言できる？　観察されたものがなかっただけじゃ、わからないじゃないか。同室なんだし、ユーリと一番親しいのはオスカーだ」

「一番親しい？」僕はその言葉を繰り返した。

ああ、そうなのか、と思った。

僕は、ユーリと親しいのだろうか。

ユーリは、ちょっとまえまでは人気者だった。そう、まだ昨年くらいのことだ。そんなに昔のことじゃない。彼は常にみんなの中心にいた。それに比べて、僕はいつも集団から離れていた。それは今も変わらない。年齢がみんなとは違うということを、自分で意識しすぎていたかもしれない。それだから、指導教官が見兼ねて、クラス委員と僕を同室にしたのだろう。ユーリは周りを照らす明かりで、オスカーは陰だ、というのが、共通のイメージだったはず。それが、今はどうだろう？　いつからユーリはこんな陰を背負った人間になってしまった？　まるで僕のせいみたいじゃないか……。

残念ながら、彼の変化に僕はしばらく気づかなかったのだ。ときどき苛ついている、機嫌が悪い彼を見るときはあった。でも、同室なのだから、みんなのいるところとは違った面が出るのは当たり前だ、と解釈していた。むしろ、そういったちょっとした短気は、愛すべき彼の性格の彩りだった。完璧無比のクラス委員にも、人間らしいところがあるな、と微笑ましく見ていたのだ。けれど、それがいつからか頻繁になり、ヒステリィともいえるレベルになった。ただ、それは僕たち二人のとき、居室の中だけのことだったから、クラスのほかの連中も、そして先生たちも、気づかないことだったかもしれない。

どうもユーリが変だ、と確信したのはつい最近のこと。

そして、トーマが死んだ。

今は、彼の変化の原因がトーマだったことは、疑う余地がない。ただし、具体的にどんな理由なのか、詳しいことはわからない。もし、トーマとユーリの二人だけの問題だったとしたら、ユーリはけっして話さないだろうから、永遠に謎のままだろう。おそらく彼は、その沈黙をもう決心しているように見える。

エーリクがユーリのヒステリィの標的になっていることには、僕もすぐに気づいた。それは、彼がトーマに似ているからだ、と最初は考えた。でも、どうもそうではない。単に顔や姿が似ていることで、そこまで混乱するとは思えない。

そうじゃないんだ。逆だ。エーリクは、トーマに似ていない。あまりに似ていない。それがユーリの癇《かん》に障るのではないか。トーマの顔をしているのに、全然タイプの違う人格だ、という事実。同じ人間なのに、全然違う性格、それはたとえば、親しい人間なのに、いつもと違う、そんな違和感なのでは？　天使が悪魔に変貌する、そんな恐怖のイメージなのでは？

そう、恐怖だ。ユーリを悩ませているのは、それ以外にない。心配や不安といったレベルのものではない。彼の青ざめた顔を一度見れば、それがわかる。

僕がそんな発想を持ったのは、ユーリ自身がすっかり変わってしまったからだ。大人しい静かな青年だったのに、今は全身に棘《とげ》を立てているようで、近づきがたい、触れがたい。何故、人はこんなに変わってしまえるのだろうか。その事実こそが、ぞっとするほど怖《こわ》い。

銃声。
銃声で、目が覚める。
銃声で、目が覚める夜がある。
そして、
ドア。
ドアが、開く。
ドアが開く音だけ。
真っ暗だ。
誰か入ってきた。
僕のベッドの横に立っている。
僕の父親だった男。
彼は、暗闇の中、僕のベッドの横に立って、こう言った。
「お母さんを撃った。見にいってはいけない」
暗闇が消えるまで、
窓の外が明るくなるまで、
僕はずっと、目を開けていた。

目を瞑《つむ》れば、もっと恐ろしいものを見てしまう、
そんな予感がしたからだ。
恐ろしいものは、何だろう？
それは、窓の外にあるものではない。
恐ろしいものは、
家の中にいる、
恐ろしいものは、
愛情に満ちた温かい血だ。
今でも、ときどき、僕は夜中に目を覚まして、窓を開けたくなる。部屋の中にいる愛情という恐ろしいものを、解き放ってやりたくなる。こんなところに閉《と》じ込《こ》めておくから、屈折し、歪《ひず》んでしまうのだ。もっと早く、自然に還っていれば、こんな憎しみ、こんな恐ろしさにはならずに済んだのに。家の中にいるから無理をして、人間の形をしたまま怪物になってしまったのだ。
恐ろしい。
人間の形が恐ろしい。
だから、

きっと……、ユーリもそれを見たのだ。

あの恐ろしい形を。

それとも、
彼自身が、その形なのか……。

だとしたら、
ユーリを、解き放ってやりたい。

憎しみが消えるように。

それは、どういうことだろう？　彼を殺すのか？　まさか、そんなことはできない。しかし、それを考えてしまうほど、考えすぎてしまうのだ。自分に対してこれを考えると、もうすぐにでも死にたくなる。それだから、そちらの方向へは自動でブレーキをかける回路が僕の中にできている。

考えるな、考えるなと。

ユーリも同じ。

言ってやりたい。

考えるなと。

やめよう。

もう、考えるのは、やめよう……。

エーリクには、バッカスの提案を伝えた。彼はその場で首をふった。

「行かない」そして、くすっと微笑む。「関係ないよ。そうだろう?」

「君の家は、上流階級?」

「うーん」エーリクは空を見上げる。「そうだったかな」

「どうして過去形なんだ?」僕は笑った。

「ねえ、親が上流階級だったら、子供もそうなのかな? そんなの変な話だよね。時代錯誤じゃない?」

「まあ、たしかに、人間としては平等だね」

「自分が上流階級だと威張《いば》る奴は嫌いだ」

「でも、バッカスは良い奴だ。彼は、そういった偏見を持っていない」

「直接言えばいいのに」

「そう伝えておくよ」

「今度、街を案内してほしいな」エーリクは話題を変えた。「ユーリも誘って、三人で、どう?」

「ああ、いいね」僕は頷いた。

それが何日まえのことだったか、とベッドで思い出した。えっと、今日は土曜日か……。

僕は起き上がり、窓を見た。いつも、まず窓を見る。天気を確かめるためじゃない。そこに窓があるだけで、安心できるからだ。窓のない部屋では、僕は生きられないだろう。

反対側の、ユーリのベッドを見る。彼はまだ眠っていた。穏やかな顔が、窓からの光でいっそう白く見えた。死んでいるようにも見える。天使のようにも見える。どうして、同じ躰に、毎朝同じ心が戻ってくるのだろう？

2

外出許可を事務室に取りにいくと、ホールでエーリクが待っていた。明るい色のコートを着ている。男性が着るには派手な色だ。

「ユーリは？」彼は振り返ってきいた。

「来ない」僕は簡単に答える。

カウンタの上で、紙切れに今日の日付と自分の名前を書いた。最後の備考の欄には、書店で資料を探すため、と書いた。隣からエーリクが覗き込んでくる。

「備考っていうのは、そういう意味か」彼は呟く。「外出するのに、備考ってのがわからない。外に出るのに、わざわざ目的が必要かな。どちらかというと、帰ってくる理由の方が大事なんじゃないかと思うな」

とりあえず、表通りへ出て、駅の方角へ向かった。

「どこへ行くの？」彼は声を弾ませている。

「いや、べつに決めていない。どこがいい？」

「わからないよ、全然。うーん、見るべきものがある？」

「そうだね……、動物園とか」

「動物園？」エーリクは高い声を上げる。「いきなり、動物園？　子供じゃないか」

「そうかな。興味はない？」

「ほかには？」

「美術館とか」

「うん、そちらはわりと順当なところだね」

「どちらがいい？」

「動物園」

駅で電車に乗った。週末だから、女や子供が多い。僕たちは吊革《つりかわ》に摑まり並んで立った。外には、お城の石垣が見える。

「この池は？」

「池じゃない、堀だよ」

「ああ、お堀か。お城があるんだ」

「もう少ししたら、氷が張るから、スケートができる」

「へえ……、そんなに寒くなる？」

「スキーはする？」僕は尋ねた。

「うん、冬はいつもスキーをした」エーリクは答える。「わざわざ寒いところへ行ったんだ」

また過去形だった。

「家族で？」

「うん、ママ……、えっと、母と一緒に」

「二人で？」

「うん、そうだよ」

そういえば、彼は父親の話をしたことがない。僕は、こういった方面に敏感な方なので、尋ねないことにしている。話したかったら、自分から話すはずだからだ。

エーリクは黙ってしまった。景色が珍しいのかもしれない。冬にしては明るい空だった。電車は混み合っていた。けれど、ほとんどがドアの近くにいたから、僕たちの位置は窮屈というほどではない。

五つめの駅が近づいてきた。

「次、降りる」僕はエーリクに促した。

こちらを見上げた彼の顔を見て、驚いた。彼は泣いているのだ。理由をきこうと思ったが、電車が減速し、車内で人が移動し始めた。僕たちは押されて、そのままドアの方へ。家族連れがみんなここで降りるようだ。子供たちの声があちらこちらで上がる。そうか、動物園だからだ。僕たちも子供なのだ、と思い知る。エーリクの言ったとおりだ。

ホームに降り立ち、立ち止まっているうちに、電車は出発し、降りた客たちも改札の方へ行ってしまった。エーリクは目を擦《こす》っていた。

「どうした?」僕は尋ねた。「泣いているように見える」

「ごめん」彼は小声で言う。

駅員に切符を渡して、改札を通り、駅舎から出た。駅前の広場の端にベンチがあったので、僕はとりあえず、そこへ歩いた。彼の具合が悪いのでは、と心配したからだ。このまえの貧血もある。電車の人混みに当てられたのかもしれない。

「座るか？」僕はきいた。

「どうして？」

「いや、僕は煙草を吸いたい」

「煙草？」

ベンチのすぐ横に吸い殻入れがあった。エーリクはそれを見る。赤い目をしているが、もう収まったようだ。顔色は悪くはない。僕はポケットから煙草を取り出して、マッチで火をつけた。煙を吐き出してから、やはり、理由をもう一度きいた方が良いだろう、と思った。ユーリと違って、エーリクは素直だ。きいてほしいにちがいない。なんて親切なんだろう、と自分のお節介に舌打ちしながら。

「動物園に悲しい思い出でも？」

「ユーリが来ないのはわかっていたよ」ベンチに腰掛けてから、エーリクは話した。「昨日、講義のあと、僕からも誘ってみた。嫌いな奴とは一緒に行きたくないってさ」

「そう言ったのか？」

「うん。殺したいくらい嫌いだから、近づくなって」

「君のことを？」

「そう……。近づいたら、本当に殺すかもしれない。本気だから、警告しておくって」

「そんなことを言うような奴じゃ……」

「僕が嘘をついていると？」彼は機敏に顔を上げて、僕を睨んだ。

「いや」僕は片手を少し持ち上げた。たしかに、エーリクが嘘をつく理由がない。そんな男じゃない。「悪かった。しかし、にわかには信じられない。そんなことを言う奴じゃないんだ。つまり、異常な事態だと思う。どうして、そんなことを……」

「異常だと思うよ、僕だって。絶対におかしいよ。どうかしている。いったい僕が何をしたっていうんだ？」

「それで、泣いていたのか？」

「ああ……、違う違う」エーリクは首を左右に大きくふった。「全然違う。そんなことで泣くわけがない。あれは……、えっと、電車に子供が沢山いたからさ」

子供？

「昔のことを思い出した」彼は言った。再び目を潤ませている。

ああ、そうか……。

僕は理解した。比較したのだ、以前と現在の自分の境遇を。

なんという素直さ。なんという感傷。

この種のことが自分の外側に漏れ出ることに、彼はまったく抵抗しない。それがまた、奇跡的だと感じた。僕自身と比較してしまうとなおさら……。

「どうして、転校してきた？」僕は尋ねた。それもやはり、きいてやるべきだ、と考えたからだ。

「母が再婚をした」エーリクは答える。眉を上げて、つまらなさそうな顔を作る。「まあ、簡単にいえば、僕が邪魔になったんだと思うよ」

彼はそこで無理に笑おうとした。口だけが形で演じていたけれど、どう見ても笑っているようには見えなかった。

「君の父親は？」

「さあね……。ずっと、母と二人だけだったんだ。あ、もちろん、使用人は沢山いたんだけれど」

「資産家なんだな」

「え？」

「いや、父親がいないのに、生活ができたわけだから」

「ああ……、うん、それは、そうだね……、考えもしなかった。君の家は？　お金持ちじゃないの？　だって、そうでなければ、私学なんかに来られない」

「うちは、金持ちじゃなかったよ」

「じゃあ、どうして学校へ？」

「さあ、どうしてかな。まあ、なりゆきっていうか」

「なりゆき？」エーリクは遠くを見た。「そうだね、すべてが、なりゆきだよね」

僕は彼の横顔を見ていた。しばらく沈黙。エーリクがこちらを向くまで。

「ねえ、ユーリの家は？　どんな家？」

「一度遊びにいったことがある」

僕は思い出す。帰省する家が僕にはない。そういう時期になっても、いつも学校に残っていた。だから、ユーリが誘ってくれたのだ、うちへ来ないかと。

「遠くでしょう？」

「そうでもない、半日くらい汽車に乗っていく」僕は話した。「ユーリの父親は地方の資産家で、銀行の頭取だったし、今は議員さんだよ」

「へえ、凄いね」

「期待の長男ってわけだ。不良っぽい友人につき纏《まと》われているんじゃないかっていう目で見られたかも。なんだか、居心地が悪かったよ」

「髪を伸ばしているからじゃない?」エーリクは白い歯を見せて笑った。「僕も駄目だね。完全に不良だ」

「いや、日本人じゃないからだろう、きっと」僕も笑って言う。

電車の音が聞こえてくる。駅舎から大勢の人々が流れ出てきた。女子学生が四人、こちらへ近づいてきて、僕たちの方をちらちらと見た。制服から、同じ女学校だとわかる。そういえば、そのうちの二人は見覚えのある顔だった。といっても、ちょっと話をしたことがある、というくらい。もちろん、名前も忘れたし、確かな記憶でもない。すぐ近くまでは来なかった。離れたところから眺める格好で、話しかけてくる様子もない。軽く片手を上げて挨拶をしてやったら、それに反応して、彼女たちは顔を伏せてしまった。遅れて、高い声で笑う始末。

「知り合い?」エーリクがきいた。

「たぶん、顔見知り」僕は答える。「知り合いじゃないよ。お茶に誘ったこともないね」

「どうして笑っているの?」

「わからない」僕はくすっと吹き出した。

「失礼だな、人を見て笑うなんて」

「いや、そういうつもりではないと思う。なんていうのか、あの年頃の女っていうのは、ああいうものなんだね。えっと、笑うことで、敵意がないことを示すんじゃないかな」

「ふうん」エーリクは彼女たちの方をじっと睨むように見た。すると、またくすすという笑い声が上がった。

「女とつき合ったことは？」僕は尋ねてみた。

「え？」

「あ、いや、言葉が悪かった。えっと、質問が不適切だった」

「変なことをきかないでほしいな」

「さあ、では、行こうか」僕は立ち上がった。

「そうか、動物園だったね」エーリクも立ち上がった。「初めてだ」

「え、そうなの？」

「行ったことはない。話で聞いただけだ」

「ああ、そりゃあ、良かった」

3

エーリクは動物園が気に入ったようだった。何度も「凄いな」とか「こんなの見たことない」と感想を漏らした。たしかに、実物を見ることは、どんなものであれ、それなりの価値があるものだ。

「なんていうか、大きさでもないし、動きでもないよなあ、うーん、ああ……、この臭いかな」彼は自分の鼻を摘《つま》んだ。「これが、本に書いてないことだ。つまりは、実感するものって、これか」

「牛や馬だって臭うだろう？」

「全然違うね、野生の臭いっていうのかな。ライオンがいいなあ。あれは実に良かった」彼は振り返りながら言う。「姿勢が最高だ。それに、あの威厳《いげん》。自信に満ち溢れている。やっぱり百獣の王ってところだね」

「王のわりには、檻《おり》に入れられているけどね」僕は指摘した。

「そんなの、人間だって同じことだよ」エーリクは歩きながら、その場で軽やかにくるりと一回転した。ダンスのステップのようだ。よほど機嫌が良いのだろう。「今日は素晴らしいな。こんなに自由な気分になったのは、久しぶりのことだよ。ありがとう、君のおかげだ」

「人間も同じだっていうのは？」僕は意味を尋ねた。

「ああ、つまりね……、目に見えない檻に入れられているってこと。家族とか、学校とか、親戚とか、そういうのもあるし、それから、えっと、法律とか、それに、そう、国家とか。ね？　枠組みに囲まれているだろう？　自由なんてどこにもないよ。せいぜい、こうやって、この程度に自分の躰が動かせるくらいじゃないか。結局、ここにいる動物たちと同じレベルだよ」

その洞察には少し驚いた。この男は幼いのか、それとも悟っているのか、どちらなのだろう。いずれにしても、平均的ではない。冴《さ》えている。それはまちがいないようだ。

「ねえ、トーマって、どんな奴だったの？」動物園の門から出たところで、エーリクは尋ねた。

「良い子だったよ。大人しくて、上品で」

「それって、みんながそう言うんだ。大人しい、上品だって。それから、綺麗だったって。そう？」

「そうだね。見た感じ、さっぱりしていて、綺麗だった」

言いにくかった。エーリクは彼にそっくりなのだ。つまり、エーリクが綺麗だと言っていることになるからだ。

「ふうん」エーリクは気に入らない感じである。「綺麗ってさ、よくわからないな。女みたいだ」

「いや、それは誤解だ」

「どうして？」

「もっと意味は広いと思う。馬とか牛だって、綺麗な奴がいるだろう？」

「極端なことを言う」エーリクは笑った。「あ、そうかそうか。整っている、という意味なんだね」

「うーん、まあ、そうかな。主観だとは思うけれど」

「それでいったら、ユーリが綺麗だよ」

エーリクのこの言葉に、僕は驚いた。それは、既に僕が知っていることだった。否、僕だけが知っていることだと密かに感じていたのだ。そういう目で見られる人間は多くはない、自分の能力だと過信していたかもしれない。それともあるいは、このエーリクという人間が特別なのだろうか。強い親近感が湧くのと同時に、自分だけのものを配分しなければいけない状況に戸惑った。

「次はどこへ？」彼がきいた。

「ああ……、じゃあ、街へ出ようか。なにか買いたいものはない？」僕は尋ねた。

「詩集が見たいな」

「じゃあ、書店へ」

エーリクにしてみれば、ユーリに関するその発言、その印象は、べつに重要なことではないのかもしれない。実に自然に、彼はそれを口にした。しかも、エーリクが言う「綺麗」は、嫌味もなく、澄み切っているように感じられた。おそらく、生まれながらの仕草というのが、こういったときに効くのだろう。その能力は、言葉にすれば、素直だという簡単な表現になってしまうけれど、真似のできないもの、滅多にない貴重な能力だと僕は受け止めた。

僕たちはまた電車に乗った。繁華街に出て、大通りの歩道を歩いた。エーリクはきょろきょろと辺りを見回している。楽しそうだ。友人が楽しそうな顔をしていると、自分までも楽しくなるのは不思議な傾向だな、と僕は考えた。そういえば、このところ、機嫌の悪いユーリの顔ばかり見ていたから、余計にそれが素晴らしいものに感じられたのかもしれない。彼がエーリクのように笑ってくれたら、世の中すべてがぱっと明るくなるような気がする。

街で一番の書店には大きなショーウインドウがあって、マネキン人形がスキーへ出かけていく服装で立っていた。バックには雪景色の山々が描かれている。売っている商品とどんな関係があるのだろう。

「凄いね、この雪、どうしたのかな？　メリケン粉？」エーリクはガラスに近づいて覗き込んでいる。

僕は、そのガラスに映った人物に気づいて、後ろを振り返った。歩道を行き交う人たちの中、サングラスをかけた長身の男が立っていた。

彼は近づいてきて、僕のすぐ前まで来て言った。

「オスカー。やっぱり君か」そこで、口を斜めにして、不思議な形にしてみせる。笑っているつもりのようだ。「買いものに？」

「ええ」僕は答えた。「この街にいたのですか？」

昨年まで学校にいた先輩だ。大企業の御曹司《おんぞうし》らしいが、学業は芳《かんば》しくなく、そのうえ賭け事、酒、女と、トラブルを寮内に持ち込み、それらが蓄積して結局、退学してしまった。海外留学が表向きの理由だったはず。しかし、おそらく親の会社の海外支店にでもいるのだろう、と噂されていた。

「いや、たまたま帰国したところだよ。クリスマス休暇なんでね」彼は、僕の後ろにいたエーリクに気づいた。グラスで目は見えなかったけれど、明らかに驚いた様子だった。「彼は？」

「転校してきたばかりのエーリク」僕は紹介する。「こちら、昨年まで院生だったサイフリート」

渾名で紹介したけれど、本名が思い出せなかったわけじゃない。名字は、有名な華族のもの。それを言ったときの彼のにやついた口の形が見たくなかっただけだ。

「はじめまして」エーリクは頭を下げた。

「トーマが死んだって聞いた」サイフリートは僕に言った。「彼の親戚とか？」

「違います」エーリクが答える。「まったく無関係です」

「へえ、そうか……、それは失礼した。いや、その……、あまりにそっくりなんでね。それじゃあ、学校で大騒ぎだったんじゃないか？　そう、ユーリは？」

「え？」エーリクが首を傾げる。

「ユーリはどうしている？」

「べつに、変わりはありません」僕が答えた。

「君を見て、なにか打ち明けなかったかい？」サイフリートは、エーリクに顔を近づけてきいた。

「何をですか？」エーリクが眉を顰める顔。

「とにかく……、そうだ、どこかでお茶でもどうだい？　奢《おご》るよ。いや、これは驚いたな。本当に似ている。トーマにそっくりだ」

「すみません、僕たち、急ぎの用事があるんです。申し訳ありません」僕は咄嗟《とっさ》に嘘を言った。「先生に頼まれて、技術書を買いにきたんです。約束の時間があるので……」

「そうか、いや、引き留めて悪かった。じゃあ、またな」サイフリートは片手を広げた。口が斜めに変形して、人を小馬鹿にしたような表情に見えた。「ユーリに、よろしく」

僕たち二人は、そのまま書店に入った。振り返ると、ガラス戸の外から、まだ彼がこちらを見ていた。

店内を奥へ進み、階段を上る。技術書は三階なのだ。

「嫌な感じの人だったね」踊り場でエーリクが言った。

「ああ」僕は肯定する。その評価を裏付ける具体的な事例を幾つか語りたかったが、それを話すこと自体が不愉快だった。

「どうして、ユーリのことを?」

「え?」

「ユーリと仲が良かったのかと思って」

「いや、そんなことはないよ。学年が全然違う。ゼミで一緒だったわけでもない。会う機会なんて、お茶会くらいだね」

「お茶会って?」

「このまえ、君が断ったやつさ」

「ああ、あれ……。そうか、じゃあ、あんな嫌らしい先輩ばかりなんだ、良かった、行かなくて」

「嫌らしい?」

　根拠を聞きたかったが、エーリクは答えなかった。僕は階段の手摺り越しに下を見た。僕たちの跡をつけて、奴が上がってきやしないか、と心配になったからだった。

4

　書店では幾つか新しい技術書を見ただけで、結局なにも買わなかった。エーリクが何を見ていたのかは知らない。大通り沿いから一本裏道に入ったところ、すぐ近くの喫茶店に入ってサンドイッチとコーヒーを注文した。エーリクは、店が珍しそうだった。コーヒーの値段がずいぶん高い、と驚いていた。僕が奢ると言ったら、そういうつもりで言ったんじゃないよ、と口を尖《とが》らせた。その顔が可愛らしかったから、僕はそれで思わず笑ってしまった。彼は今度は頬を膨らませるのだ。本当に子供みたいだ。そして、ああ、こいつといるとなんて楽しいんだ、と感じた。良い友人になるかもしれない。珍しい。滅多にいない。絶滅種といっても良いのでは。大切にしなければ。そんなふうに考えながら、じっと彼を観察していたら、エーリクもこちらをじっと見つめるので、思わず視線を逸らした。にらめっこをしていたわけじゃない。

「オスカーの目は、色が薄いね」彼が言った。

「ああ」なんだ、目を見ていたのか、とほっとする。

また電車に乗って、学校へ帰ることにした。日が短いから、もう太陽は隠れそうだった。ホームから階段を上がったところで、エーリクは開いていた窓から線路を見下ろそうとした。

「どうした？」

「トーマはどこで死んだの？」

「えっと、あそこに見える陸橋だ」僕は指さした。「本当かどうかは知らない。そう聞いただけだ」

「あそこ、どうやって行くの？」

「さあ……」僕は知らなかった。「たぶん、あちらへ出て……」

この地にやってきてもう何年にもなるのに、最寄り駅の反対側の改札口から出たことは一度もなかった。表口に比べると、寂れた感じの場所だった。コンクリートの壁からは錆《さび》が染み出ているし、枕木で作られた柵は、腐っているみたいに崩れている箇所があった。無造作に置かれた資材、鎖、金網、そして線路に敷かれた砂利までも、すべて錆色一色だった。僕たちは、陸橋を目指して歩いた。駅のホームからはずいぶん離れている。機関庫だろうか、大柄な建物が近づいてきた。機関車が白い蒸気を上げていた。そのためか、うっすらと霧がかかったように辺りが白かった。もしかしたら、本物の霧かもしれない。

陸橋は鋼鉄製で、黒いペンキが塗られていた。けれど、それも剥《は》げ落《お》ちて、やはりほとんど錆の色だった。構造として大丈夫なのだろうか。それに、一般の人間が渡っても良いものだろうか。ただ、禁止するような標識はなかった。これを渡ることで、幾つかの線路の上を跨ぎ、駅構内にある建物群の近くへ下りられるようだった。駅の向こう側まで行けるわけではないから、一般の人は使わないものだ。エーリクがさきに階段を上がっていった。僕は何故か、後ろを振り返った。近くには誰もいない。なんだか、誰かに見られているような気がしたのだ。

すっかり寒くなっていた。でも、まだ五時まえ。僕が階段を上りきったとき、少し離れた線路を列車が通過していった。蒸気機関車だったので、僕たちが進む道のすぐ先が煙に包まれ、見えなくなった。

鉄の細い通路が、雲の中へ消えている情景を僕は見た。そこにエーリクが一人立っている。幻《まぼろし》を見ているような気分になった。まるで、トーマがそこに立っているみたいに思えて、あの日、あの時間の情景を見せられているような、一瞬の錯覚だった。

「トーマが死んだのは、どこ？」彼はきいた。

トーマではない。エーリクだ。

煙はたちまち消えて、ただの陸橋に戻った。

「詳しくは知らない」僕は答える。本当に知らなかった。知ろうとも思わなかったし。

「いつ死んだの？　時間は？」

「朝方だったそうだ」

「朝、学校を抜け出して？　外出許可、どうしたの？」

「学校から来たんじゃない。実家に戻っていた。家を出て、学校へ向かう途中だったらしい」

「目撃していた人が？」

「いや、誰も見ていなかった。こんな場所、誰も通らないだろう」

「そうだね」エーリクは振り返った。

陸橋の上にいるのは僕たちだけだ。橋の中央まで来た。さきほど、煙に包まれた中心。つまり、真下に本線が通っている位置だった。ずっと先に駅のホームが見える。向こうからは、ここに人がいることが見えるだろうか。

花があった。細かい小さな花だ。瓶に活けられている。

「もう、ここにはいないのに」エーリクがその花を見て呟いた。

そうだ、どこにももういない。でも、この世にいた最後の場所なのだから。

手摺りの下に新しい張り紙があった。低い位置だったから、今まで気づかなかった。エーリクは、しゃがみ込んで顔を近づける。僕もそれを読んだ。凍結に注意せよ、と書かれていた。

「何のつもりなんだ、これ」エーリクがまた呟く。

足を滑らせてここから落ちた人間がいる、そのことに対する一応の対処というわけだろう。

「トーマの身長は?」エーリクがきいた。

「君と同じくらいだよ」僕は答える。

エーリクは立ち上がり、陸橋の手摺りに躰を寄せる。そして、そのまま外側へ倒れるように躰を傾けた。腰のところで躰を折り、頭を外に投げ出す。

「危ない!」僕は叫んだ。

エーリクは手摺りをしっかりと握っていた。それを見て、僕は彼の腕を掴む寸前で手を止めた。エーリクは躰を起こし、内側へ弾むようにして戻った。

「足を滑らせたくらいでさ、落ちるかな?」彼は言った。「事故? 本当に……」

「否定はできない、というだけだよ」僕は言った。

「だいたい、一人で、どうしてこんなところへ?」

「汽車が見たかった」

「汽車が見たかったら、真上ってことはないよ。ここから落ちて、汽車に轢《ひ》かれたの?」

「知らない」

「落ちただけでも、死ねるかな？」彼はまた下を覗こうとした。「けっこう高いね」

「死んだ原因を特定しても、得られるものはないと思う」

「少なくとも、他殺ではない？」

「うん、事件性があったら、警察が動いているはずだ」僕は言う。同じことをユーリにも話した。「彼は、誰からも憎まれていなかった。みんなが彼のことを気に入っていた。殺されるなんてありえない」

「ユーリは？」エーリクはきいた。「ユーリは、トーマが嫌いだった。彼、僕にはたしかにそう言った。だって、その日、ユーリも学校にはいなかったのでしょう？　アリバイがないよね」

「そういった根拠のない推論は……」

「いけない？」

「感心しない」

「どうして？」

僕はその理由を思いつかなかった。

「どうして、理由もなく庇うわけ？」

「庇っているわけじゃない。人を疑うことは……」

「せっかく殺したのに、そこに僕が現れた。殺したはずのトーマにそっくりだった。ね？　これって、やっぱりショックだったんじゃないかな。初めて彼に会ったとき、もの凄く青ざめていたよ。まるでさ、そう、幽霊でも見たみたいに」

「駅の近くで会ったと言ったね」

「あそこの公園」エーリクはその方角を指さした。「僕、間違えて違う改札口を出ちゃったんだ。それで、ベンチにいた彼に道を尋ねようとしたら……」

「どうして、そんなところにいたんだろう？」僕は言う。「学校とは反対側だ」

「そう、反対側だよ。でもさ、この陸橋には近い」エーリクは指を下へ向ける。

「ユーリはここへ来たんだ、きっと」

「ベンチで何をしていた？」僕はきいた。

「話しただろう？　手紙を読んでいた」

「ああ、手紙か……」

「うん、何の手紙？」

「いや、なんでもない」僕は歩きだした。「もう、戻ろう。また汽車が来たら大変だ。煙をかぶることになる」

「殺人者は現場に戻るって言うよ」歩きながら、エーリクが言った。僕は彼の顔を睨んだ。でも、窘《たしな》めるような言葉を思いつかなかった。

悪戯っぽい、少し笑っているような彼の顔が一瞬悪魔のように恐ろしかった。汽笛が聞こえ、遠くから汽車が近づいているのが見えた。

5

学校に帰り、エーリクと別れて、僕は自分の部屋に戻った。ユーリはいなかったけれど、着替えをしてお茶を淹れていたら、戻ってきた。分厚い本を何冊か抱えていた。図書館にでも行っていたのだろう。

「ああ、おかえり。どうだった？」ユーリは尋ねた。少し明るい声だったので、僕はほっとした。「彼をどこへ案内した？」

「動物園」僕は答える。紅茶はサイドテーブルに置いて、僕はベッドの背にもたれて座った。本を読みたかったわけでもないし、眠かったわけでもない。ただ、ぼうっと考え事をしようと思った。

「動物園？　子供みたいだね」ユーリは自分のデスクに本をのせ、椅子に腰掛けた。

「それから、街へ出て、書店に行った。そこで、サイフリートに会ったよ」

椅子に座っていた彼の肩が、痙攣《けいれん》するようにぴくりと動いたのがわかった。首を竦めたような感じだった。そのあと、彼はじっと動かなかった。デスクを向いたままだ。僕は、しばらく窓を見た。別のことを考えようとしていたのだ。あの不良の先輩が、今どんな生活をしているのか、留学などとうにやめてしまって、日本に帰ってきている。仕事なんかしていないだろう。親の財産を食《く》い潰《つぶ》して、遊び歩いているのではないか。そんな一連の想像をした。その間ずっと沈黙が続いていた。僕は、会話が途切れていたことを思い出し、窓の風景から、部屋の中へ視線を戻した。ところが、ユーリはまだそのままだった。時間が止まったみたいに。

「覚えているだろう？　論文を提出しないで退学してしまった人だ。たしか、海外留学をするって聞いたけれど……」

ユーリはまだこちらを見なかった。聞こえていないはずはないのだ。

「どうして、日本にいるんだろうね」僕は躰を起こした。「君によろしくって言っていたよ」

「そう……」彼は小さく頷いた。その声がいつもとまるで違っていた。震えているようなのだ。デスクを向いたまま。本を広げているわけでもない。

「どうした？」

「なんでも……、ないよ」

その声も変だった。息が苦しい、というような発声なのだ。気になった。

僕はベッドから下り、ユーリに近づこうとした。

まず気づいたのは、デスクの上で握られていた彼の拳《こぶし》だった。震えているのだ。力を込めている。それでも、顔はよく見えない。見えないようにしている。

「ユーリ、どうした？　なにか……」僕は近づいた。気持ちが悪いのだろうか、と心配になった。

「なんでもない！」彼は突然叫んだ。

それほど大きな声ではない。けれど、押し殺したように、圧縮された空気が一気に漏れ出るような、勢いのある言葉だった。

僕は驚き、部屋の中央で立ち止まった。

「いったい……」そこまで口に出してから、ようやく気づいた。

なにか気に障ることがあったようだ。そもそも、エーリクに対するユーリの態度は普通じゃない。エーリク自身がそれを語っていた。僕のいる前では、これまでそんな顕著な素振りをユーリは見せなかった。多少元気がない、あるいは苛立っている、と感じ取れる程度だった。しかし、やはりユーリの問題の対象はエーリクにあるようだ。今日、僕が彼と出かけたことが気に入らなかったのかもしれない。もちろんユーリも誘ったのだが、勉強がしたいから、という理由で断られたのだ。

エーリクとの関係に問題があるのなら、その理由を教えてくれても良さそうなものだ。トーマに起因しているものなのか、それとも、もっと別の問題なのか。時間が経つほど、関係が捩《ねじ》れて、彼ら二人の間で誤解が増幅されているような気がしてならない。そう、誤解だ。絶対に間違っている。なにか思い込みがあって、それに囚われているのだ。心を閉じて、問題を自ら育んでいるのではないか。少しでも心を開いて、外部に目を向けてくれたら、きっと解決する。僕がどれくらいこの友人のことを心配しているか、気づいているだろうか。今の彼には、周囲のことに目を配る余裕さえないのか。

僕は再び自分のベッドに腰掛けた。そして、意識して普通の声で、できるだけ優しく聞こえるように、努めて発声した。

「何が気に入らないのか、僕にはわからない。話してくれれば、あるいは力になれるかもしれない。もちろん、でも、君が話したくないのなら、これ以上はきかない。ただね、そうやって言葉だけぶつけられると、八つ当たりをされているのか、それとも僕に非があることなのか、わからないじゃないか。ユーリ、違うかい？」

彼は立ち上がった。そして、こちらを向く。顔は怒っているわけでもなく、特に感情は表れていない。ただ、口は決意したように固く閉じられていた。

僕はしばらく彼を見つめて、そしてその口から言葉が出てくるのを待った。けれど、彼は軽く頭を下げ、床を見て、それから、すっと背中を向けると、ドアの方へ歩いた。ノブに手をかけて、そこで立ち止まる。顔を上げた。それでも、僕はまだ言葉を待っていた。否、願っていたといっても良いだろう。

しかし、ドアは開けられ、ユーリは僕を見ることもなかった。そのまま部屋から出ていってしまった。彼が立ち去る足音はすぐに聞こえなくなり、数秒間、時間が止まったみたいだった。

僕は溜息をついた。なにかを手に持っていたら、床に叩きつけていたかもしれない。今からでもなにかを摑んで、壊してやりたかった。部屋を見回して、壊しても大丈夫そうなものを目が探していた。だが、そんな打算的な短気なんておかしいじゃないか、と冷笑している僕もいる。

舌打ちし、そして、目を瞑って、

しばらく息を止めて、

また吐く。

窓を開けるためにベッドから離れ。

新しい空気を。

中庭へ出るドアが開く音が響いた。レンガの小径《こみち》をユーリが歩いていった。彼はこちらを振り返って見上げる。

視線がぶつかった。

細い、途切れそうな、弱い視線が数秒間。

彼は僅かに頷いたように見えた。僕も頷き返した。

もう一度溜息。

ああ、しかたがないな。本当に、しかたがないな。

何なんだ、これは……。

胸が締めつけられるような、息が半分しかできていないような、とにかく自分の頭が、見えない物体に包まれて、考えることもできないみたいな、判断することに異様な抵抗を感じて……。

自分の中で、小さな悪魔や天使が大騒ぎしている、大議論をしているのに、その間、自分という躰はコントロールを失って、意志はなく、そう、無意識にただ立ち上がって、手を動かして、窓を開けて、見るともなく見て、聞くともなく聞いて、そんな空回りみたいな……。

　また、溜息が出た。

「まったく……」言葉にしてみた。「どうしたっていうんだ？　さっぱりわからない」

　どこで狂ったのだろう？

　なんとか修復したい。それには原因を知る必要がある。

　落ち着いて……。そうだ、頭に来ているのは僕の方だった。焦っているのも、自分じゃないか。思いどおりにいかないからって、頭に血を上らせていたら、親父と同じだ。カッとなって、引き金をひいてしまう。

　そう、そんな血が、僕には流れている。

　とにかく、落ち着こう。

　友人として……。

　人間として……。

　僕は深呼吸をしたあと、冷静に考えることにした。たとえば、ユーリが自分と同じ性格の人間だったとしたら、たぶん、殴りかかって喧嘩をすれば片がつく。最終的には理解し合えるだろう。それが、僕という人間の単純さだ。しかし、彼は違う。僕よりもずっと複雑なんだ。それは、彼の家、彼の家庭を考えてみればわかる。何重にも張り巡らされた安全装置で守られた鉄壁の組織。危険な部位はすぐさま切り落とし、全体の健全さを保持しようとする規律。ユーリは沈着冷静な人間だ。僕なんかよりもずっと。完璧といっても良いくらい。そう、ついこのまままでは、まちがいなくそうだった。

彼自身が、僕にこう言ったことがある。

「君と僕は、極端に違っているね」

どこで聞いたんだっけ。一年ほどまえだったように記憶している。どうして、そんなことを言うのか、とそのときは不思議だった。ただ、それ以来、彼とちょっとした言い合いをするごとに、その言葉を思い出してしまう。

家柄が違う？　彼には継ぐべき家がある。立派な父親と、そして優しい母親。僕にはどちらもない。母は死んだ。親父は行方不明だ。

自由さと不自由さ？

彼には愛情と慈悲。僕には代償としての自由。

それとも血か？　人種か？　僕の目は、暗いところで見ると青い。同じ部屋にいる彼は、もちろん気づいているだろう。

こんなに人間が違っているのだから、殴りかかって解決、というわけにはいかないだろう。鏡の中の自分が相手ではない。正反対なんだ。話したくても話せない。ききたいのにきけない。話せば話すほど、拒絶される。そして誤解される。

でも……。それにしても……。

いったい、どうして、あんなに……。

もしかして、もっと根深い理由が？

僕はゆっくりと息を吐いた。

そう……、まず、それに気づくべきだった。

なにかあったんだ。自然になったことではない。

いつ？　どこで？

自分がようやくそれに気づいたことに、僕は逆に苛立った。情けないと思った。今までどうして考えなかった？　そうだ、おかしかった。変じゃないか、彼らしくない。そんな陰のある人格ではなかったはず。いつからだろう？

たった今、この部屋であったことも、ゆっくりと思い出した。会話を再生してみた。

まさか、サイフリート？

なにか関係があるのだろうか。

トーマのことだとばかり考えていたけれど、別の問題かもしれない。そうだ、下級生のことだけで、あんなに悩むとは思えない。生きているときは、一笑に付せば良かった、死んでしまっても、数秒の黙禱《もくとう》で済んだはず。そんなレベルではなかったということか。ユーリが悩んでいるのは、そんな些末な問題じゃないのだ。

困った。どうしたら良いだろう？

それ以前に、いったい自分はどうしたいのだろう、と僕は自問した。友人にもっと心を開いてほしい、というだけのことだろうか。自分の気持ちをしばらく探った。たしかに毎日顔を合わせる人間だ。現在一番身近にいるのが、彼なのだ。僕には、家族というものがもうない。だから……。

だからといって、過剰に期待をしているわけではないはず。ただ、できれば友好的な関係でいたい、少なくとも、摩擦がない方が好ましい、と考えている。たぶん、そうだ。

否、そうではない。その程度のことならば、触れずにいれば良い。見過ごせば済む話。表向きの笑顔と挨拶で得られる関係だ。

では、自分は何を望んでいる？

そもそも、この二人部屋に僕たちが入った経緯があった。ほかの寄宿生は例外なく全員が四人部屋だ。四人部屋は満室ではない。空き部屋があるのに、棟の違うこの部屋を、特別に僕たちだけが使うことになった。図書室が近く、また、宿舎の出入口に位置しているから、図書の管理、寄宿生の監視に適しているというのが名目だった。ユーリは当時クラス委員だったから、ここに入ることは自然だったかもしれない。しかし、僕はどうして？　みんなよりも歳上だったから？　ほかの連中が僕と一緒では嫌がった？　そのときはあまり考えなかった。

自分はずっとみんなからは浮いた存在だ、と自覚していた。それには、血の問題もあるし、この学校に来た経緯もある。母は死に、父は行方不明のうえ、殺人罪の容疑がかけられている。父は、僕をこの学校へ送り届けたあと、失踪《しっそう》したのだ。この学校にいる連中は皆、裕福な家庭の御曹司。僕が唯一の例外だろう。

もう長い。ここに入ったのは、ずっと昔のことのように思える。だけど、時間がいくら経過しても、過去は消えるものではない。たとえ個人が忘れてしまっても、いつまでも事実は残るのだ。

ワーグナ教授は、僕にこう諭した。

「オスカー、安らかに生きることに努めなさい。それには、学問が一番良い。学問が、君を救うだろう」

最初は四人部屋だった。別の一人を移動させて、僕はその部屋に入った。そこにユーリがいた。ユーリがいるから、その部屋が選ばれたのかもしれない。クラス委員の優等生。彼になんでもきけば良い、と教えられた。

しばらくして、僕はこの完璧なクラス委員を鬱陶しく思うようになった。僕はあらゆる面でルールを知らなかったし、知っていても馬鹿馬鹿しく感じていた。それだから、彼が指摘する細かいことにいちいち反発をした。口うるさい奴だ、と思った。ただ、僕が不機嫌な顔を見せると、ユーリは笑うのだ。まるで大人みたいに。僕より歳下なのに。そして、その笑顔は、教会堂の天使のようだった。あるいは、亡くなった母のようでもあった。

そんな馬鹿げた理由で、僕の反感は和らいだ。僕はこの友人の存在を受け入れようとした。そう、ほかの連中とは喧嘩が絶えなかったけれど、彼の言うことだけは聞き入れることに決めたのだ。僕にしてみれば、それは素晴らしい革命だったといえるし、今思い返せば、たぶん、僕は失われた家庭、あるいは友情というものを、無意識のうちに、唯一彼に求めていたかもしれない。結果的に僕がここになんとか順応できたのは、彼の存在のおかげだった。それはまちがいない。

その後、二人部屋に僕たちは移った。そのときも素直に嬉しかった。単にユーリが監視しやすいように僕が選ばれた、とみんなは考えただろう。僕自身そう思った。だから、絶対に問題を起こさず、できるかぎり良い子でいてやろう。期待に応えることだって、悪くはない、と考えた。そんな珍しい自分が面白かったのだ。

思い出してみると、この二人部屋に移った頃から、ユーリはおかしかった。ほかに誰もいない場所だから、少し違った面が見えると解釈したけれど、やはりあの当時、変化があったのではないか。

どうして、わざわざ二人部屋に移されたのか？　なにか事情があったのかもしれない。それは、僕ではなく、もしかして、ユーリの問題だったのではないか。

もしそうだとしたら、僕が選ばれた理由は、何だ？

そう……、逆だったのかもしれない。

逆だったのだ。

僕がユーリを監視する役目だった？

実際に、僕がしようとしているのは、まさにそれではないか。自然に、彼のことを僕は気にかけている。

こうなることを、ワーグナ教授は予想していたのだろうか。彼がユーリの不具合を察知して部屋を移した。そして、僕を監視役として選んだのだ。

一度、その発想を持つと、しだいにそれが確信へと昇華した。それ以外にありえない。教授は知っているのだ。となれば、思い切って事情をききにいくべきではないか。

6

僕は毎週土曜日の朝に、ワーグナ教授の部屋を訪ねる。その時間も決まっている。いつから決まっていたのか、よく覚えていないし、そういう約束をした覚えもなかった。ただ、習慣としてずっと続いている。僕には、もう両親はいない、いないも同然なのだから、このささやかな時間が、ほんの一部ではあるけれど、もしかしてそれを補完するようなものかもしれない。

この学校へ来たとき、僕が最初に出会った人物がワーグナ教授だったし、ときどき、書類にある保証人、あるいは保護者の欄に、彼のサインが必要だった。そういうこともあって、僕は彼に借りを感じていた。

教授の部屋で、僕は新聞を読ませてもらうのだ。大きなテーブルに一週間分の新聞がきちんと積まれている。僕がそれを読んでいる間に、教授はコーヒーを淹れてくれる。特に話をするわけでもない。彼は黙って、カップを僕のすぐ横に置くだけだ。僕はそれに対してお礼を言う。それ以外には言葉を口にするようなことは滅多にない。教授は、黄緑色の鳥にドイツ語で話しかけている。僕は、その言葉の意味はわかったけれど、特に内容のあるものではなかった。子供をあやしているような、そんな単純な言葉ばかりだった。

ユーリのことを教授に尋ねよう、と僕は数日まえから決意を固めていた。最初は、そのことで教授に会いにいこうと考えた。一度は、部屋の前まで行き、ドアをノックしようとしたこともあった。でも、土曜日まで待つことにした。あの長閑《のどか》な時間の方が、きっとうまく切り出せる、と思えたのだ。そして、その土曜日も、部屋の窓際には明るい日差しが入り、いつもどおりの素晴らしい長閑さが用意されていた。コーヒーのお礼を言ったあと、僕は話を切り出すことができた。

「あの、伺いたいことがあります」

「うん、何だね？」

「同室のユーリのことです。先生はお気づきでしたでしょうか？　以前の彼に比べると、好ましい状態ではないように、僕には見えます」

「うん、そう、なにか悩んでいるようだね」

「僕は、トーマが死んだあとの彼の反応で、初めて気づきました。でも、もしかしたら、もっと以前からだったかもしれません」

「うん、そう……」テーブルの反対側の椅子に教授は座った。カップを持ち上げ、それを口につける。

「ご存じだったのですね？」僕は尋ねた。彼を真っ直ぐに見て、その表情を観察しながら。

ワーグナ教授は、視線を僕の方へ向ける。青い目だ。そして、すぐにまた視線を落とす。カップをテーブルに置き、窓の方を見た。顎に手を当てる。鬚《ひげ》を撫《な》でるような仕草。それは、ものを考えるときの彼の癖だった。

「そうだね。知っていたといえば知っていた。しかし、詳しいことは理解していない。一部の状況を知っているだけだ。それでも、彼の部屋を変えることで対処した。一応の対処だった。憂慮はしている」

「あの部屋へ移ったとき、僕も一緒でした」

「ああ、君が適任だと思ったのだ」

「やはり、そうでしたか」僕は頷いた。「でも、適任というのは、間違っていたと思います。現に、これまで僕はなにもしなかった。彼の変化に気づきもしませんでした。説明をして下さっていれば、もう少しは対処ができたかもしれません」

「いや、それで良い。そういった指示をすれば、不自然になって、余計に拗《こじ》れることがあるからね」

「今からでも、説明をしてもらえませんか？　僕は、その役目を果たしたいと考えています」

「何故、理由が必要だと考えたのだね？」

「理由がわかれば、対処方法を考えることができると思います。問題がわかれば、問題を取り除くことができます」

「本人は、理由を知っている。問題もわかっている。それなのに、それが取り除けない。悩んでいるのは何故だと思う？」

「それは……、自分には解決できないような問題だからではありませんか？」

「それを他人が何故解決できる？」

「僕だけではできませんが、協力をすれば、解決できるかもしれません。一人ではできないことが、二人ならば可能かもしれない」

「もしそうだとしたら、何故、本人は協力を要請しない？　それで解決ができることならば、助けてくれと言ってくるはずではないか」

「それは……」僕は言葉に詰まった。「僕が、協力者として不適切だということでしょうか？」

「そうではない。君以外でも、誰でも良い、人に頼むことで、それで解決ができるのならば、とっくに依頼をしているだろう。違うかね？」

「では、つまり……、どういうことですか？」

「知られたくないのだ」

「知られたくない……、僕にですか？」

「そう……。君に知られたくない。何故か、わかるかね？」

「わかりません」

「君のことが大切だからだよ」

「僕に悪い印象を持たれることを恐れている、という意味ですか？」

教授は頷いた。僕は理解はしたけれど、しかし納得はできなかった。

「僕の父は、母を撃ったことを僕に教えてくれました。隠すことはできたはずです。まだ子供だったから、いくらでも誤魔化すことはできたはずです」

「それは、比較例を挙げているのかね？」

「そうです。真実を教えてくれたこと、その父の誠実さを、僕は評価しています。隠されるよりも、嘘をつかれるよりも、ずっとましです。その誠実さこそが、人を大切にするという意味だと信じています」

「君は、そのことを、良かったと評価しているのだね？」

「はい」僕は頷いた。「最初は、そんなことをした父を恨みました。今でも、もちろん、すべてを許しているわけではありません。しかし少なくとも、彼は、僕に対しては誠実でした。だからきっと、母に対しても、誠実だったのだと思います」

「そうかもしれないね」教授は頷いた。「人間というのは、複雑なものだ。物理現象のように単純に分析し、計算で予測ができるものではない」

教授のこの言葉は何度か聞いたことがあった。僕には、まだ物理現象だって複雑に見える。人間の方が単純だと思えるくらいだ。隠したり歪《ゆが》めたりせず、みんなが正直に心の内を打ち明ければ、もっと単純明快になるのではないか、と考えたこともある。世界中の人間がそうすれば、戦争だって起こらないのではないかと。

「ユーリのことは、もう少し時間をかけた方が良いのではないか、と私は思う」教授は優しい口調で言った。「焦らないことだ。彼は君を必要としている。しかし、まずは自分が処理をしなければならない。自分の中で解決の見通しが立てば、必ず協力を求めてくるだろう」

僕は頷いた。

「それから、理由を知りたい気持ちはわかるが、それを知られたくない彼の気持ちも察するべきだ。知ることがすべての解決ではない。彼の気持ちを察することが大事だと思う」

「わかりました。ありがとうございます」

ワーグナ教授は、僕の父の友人だ。だから、父は逃亡するまえに、この学校に僕を届け、彼に息子を託したのである。そのときに、父は教授に幾らかの金を手渡した。その金額はわからないが、街の画廊で自分の絵を叩き売った金だった。そのとき、僕は画廊の前で待っていた。ガラス越しに、不機嫌な父の顔を眺めていた。まだ早朝のことで、店が開くまえだったから、店主は父を最初は追い払おうとした。でも、僕を見て、しかたない様子で、話を聞こう、と言った。僕を連れていることがプラスになった。それが父の打算だったとしても、僕は嬉しかった。

その画廊は、このまえエーリクと一緒に行った書店のすぐ近くにある。一人で街へ出られるようになったときに、僕はそのときのことを思い出して、場所を探したのだ。店主は僕のことを覚えていなかった。たぶん、何年も経っていたから、会ったときよりもずっと僕は成長していただろう。それどころか、学校の名前を聞いたせいか、僕が金持ちの御曹司にでも見えたのかもしれない、とても親切な応対で、あの朝、父に対面しているときとは大違いだった。

失踪して行方不明の画家の名前を口にすると、ああ、その絵ならば何枚か扱ったけれど、残っているのは一枚だけだ、と言って奥から出してきてくれた。それは葉書二枚分ほどの小さな絵で、女性の上半身を描いたものだった。僕は値段をきいて、店を出た。

学校に戻ってすぐ、ワーグナ教授に金を借りにいった。もちろん、そんなことは初めてだった。許されることではない、とわかっていたが、ほかに頼れる人はいない。僕自身は、金に換えられるような価値のある品物はなにひとつ持っていなかったし、友人たちから集められる金額ではなかった。父が教授に渡した金は、とうになくなっていることもわかっていた。僕の学費、それに生活用品、着るもの、すべてワーグナ教授が出してくれていたのだ。

理由をきかれたとき、僕は迷った。それを言うことが恥ずかしいと思ったのだ。しかし、金を借りるのだから、使い道を明かすことは当然だろう。だから、僕はそれを話した。

理由を聞いて、教授は画廊に手紙を書いてくれた。その絵を購入するので届けてほしい、という内容だった。そして、僕が学業を修めて、この学校を出ていくときに、その絵を僕にくれる、と約束した。僕は、仕事で稼いだ金で、きっとその借金を返す、と彼に約束した。

あの絵は、それ以来、見せてもらえない。教授がどこかに仕舞ったはずである。でも僕は、見なくても、それがいつでも思い浮かべられる。なにしろ、それは僕の母の絵なのだ。

ワーグナ教授に、僕は借りがある。ここでお世話になっていること、その絵を買ってもらったこと、ほかにも沢山のことで、僕は優遇されている、と感じる。成長するほど、その重みを感じるようになった。この人を裏切ることはできない。そう思うのだ。

ユーリのことでは、少し落ち着くことができた。教授も気に留めてくれていたことが、少し安心できた理由だった。

第3章

ぼくらは
似たように
話し走り笑い
似たような服を着た
顕微鏡の下の
同じ
単細胞生物みたい

長い廊下
階段　窓　窓　窓
教室——
まるでひとつぶの
しずくの中の
世界

1

年末が近づいた。学校の講義は終了し、冬季休暇になった。多くは帰省をするが、ぎりぎりまで残っている者もいるし、中には暮れも正月も帰らないという者もいる。僕はもちろん、帰るところがない。だから、残っている奴がいることを知っているのだ。何故だか、学校にいることが後ろめたく感じるらしく、通路で出会ったりすると、意味もなく苦笑したりする人間もいる。みんなと違う行動を取るだけで落ち着かないものかもしれない。人間は群れをなす動物だった、という本能に起因しているのだろうか。

ユーリが帰省していなくなった日に、エーリクが部屋へやってきた。彼がこの部屋に入るのは初めてだった。

「へえ……」と言いながら彼は、ユーリのデスクやベッドを眺めた。

机の上には、なに一つ出ていない。綺麗に片づけられている。書籍は、大きさの順に並んでいる。もちろん、ベッドのシーツも整っていた。

「几帳面《きちょうめん》だよね。ユーリと結婚したら、奥さんは大変だ」エーリクが可笑しそうに言った。

「君は、帰らないのか？」僕は尋ねた。ベッドの上で本を広げていたが、もう字を読むことを諦めたところだった。

「彼女は旅行中なんだ」エーリクは答えた。自分の母親のことらしい。「たぶん、もうすぐ迎えにきてくれると思うけれど」

「優雅だね」

「そう、優雅な人だよ」エーリクは頷く。「僕たちは、大陸へ渡って、特急で大草原を走っていく……。そうだ、汽車の中で寝るんだよ」

「寝台車？」

「うーん、あんな窮屈じゃない。もっと、窓の外の風景を見ながら寝るんだ」

「真っ暗じゃないか」

「違うよ。月が明るいからね。大丈夫。空の大きな月が、ずっと同じ速度でついてくるんだ」

イメージが豊かだな、と感心したが、なにか具体的な計画があるのかもしれない。

実は、僕の父も大陸へ渡ったのではないか、という噂を画廊で聞いた。けれど、捜しにいったところで簡単に見つかるものではないし、それに、見つけることの意味が、僕にはよくわからなかった。見つけられたら、きっと彼は困るだろう。僕も、そこまで捜して父に会いたいとは、今は思っていない。会ったって、どうすれば良いのか、わからない。エーリクが母親に寄せる思慕とはだいぶ違うだろう、ということだけは感じた。

「ユーリは、どう？」僕は尋ねた。

「何が？」窓際に立っていたエーリクが振り返った。

「相変わらず、君を避けているようだけれど」

「そう、もう慣れたけれどね。話しかけたら、絶対に喧嘩になるから、それに比べたら、今はぎりぎりの平和だ。反目っていうのかな。もう、とことん喧嘩をしてやろうかと何度も思ったけれど」

「帰省して、少し落ち着くんじゃないかな。戻ってきたら、良くなっているかもしれない」

「そう願いたいね。少なくとも、僕の問題じゃないんだ。ユーリの問題だから、僕にはなんともできない」

そのとおりだ、と僕も思った。

ユーリとエーリクが言い争いをしていた、という話は幾つか耳にしている。ただ、僕の前ではそういったことはなかった。二人とも、僕がいるところでは自重《じちょう》しているように思える。もしそのとおりなら、僕が少しは役に立っているわけで、二人のどちらかと一緒にいる時間をなるべく長くすれば、彼らの不和は表面化しないことになる。これは抑制であって、原因を取り除いた解決ではない。でも、それでも良いと感じるし、そうするしか方法はないようにも思う。

「もうさ、何が原因なのか、何が気に入らないのか、そういうこと、すっかり忘れてしまうくらい、なんていうか、疲れてきちゃったよ」エーリクが言った。「もう、いいやって……。僕の人生から彼を切り離せば、それで終わり。そう思えてきた。きっと、ユーリも同じように考えているだろうな。僕たちは永遠に近づかない、そういう関係のままで良いって……。今はたまたま、この学校に二人がいるからいけないけれど、どちらかが出ていけば、それであっさり解決だよね」

「理不尽な話だね」

「そうだよ、理不尽、そのとおりだよ」エーリクの声が少し大きくなった。「ああ、駄目だ、考えると腹が立ってくる」彼は大きく首をふった。「やめよう、もう、この話は……」

　ドアがノックされた。僕は返事をする。顔を覗かせたのは、先輩のバッカスだった。

「オスカー、いいかな？　入って」低い声で彼がきいた。

「ええ、どうぞ」

「あれ、エーリク？」バッカスは窓の前に立っている彼を見て驚いた顔になる。

「あ、ユーリは？」

「今朝、帰ったところです」僕は答える。「ユーリに用があったんですか？」

「いや、違う違う」大きな手を広げて素早く振った。「今夜だけど、ちょっとしたパーティをしようと思ってね、えっと、つまり、その、オスカー、君を誘おうと思ってきたんだよ」

「パーティ？　僕を？」

「いや、大したことはない。まあ、懇談会というか、親睦会というか、談話会というか、いや、どれも適切じゃないな。えっと、ようするに、特に目的もなく、楽しいおしゃべりをしよう、というだけの場だよ」

「あまり気が進みませんが……」僕は普通の口調で答えた。「というか、どうして僕を誘うんですか？」

「まあ、その……」バッカスは、エーリクの方へ視線を向けた。

僕もエーリクを見た。ああ、なるほど、本当に誘いたいのはエーリクなんだ、とわかる。僕を誘って、僕にエーリクを連れてきてほしい、という腹積もりなのだろう。当人がいたので話しにくくなった、というわけだ。バッカスは躰が大きくて老けて見えるのだが、なんでも顔に出てしまうという幼さがあって、そのアンバランスが彼の特徴の一つだった。憎めない人物である。

「どうしたの？」エーリクが二人の視線に気づいて、首を傾げた。「パーティか、良いね。クリスマスも近いんだし、ぱっと楽しいことがあったら、少しは気が紛れるよ。行ったら良いのに……」

「エーリク、君も誘ったら、来てくれるかい？」バッカスがおずおずとした口調で尋ねた。僕は、もじもじした彼の仕草が可笑しくて笑いそうになった。

「僕も行っていいの？」

「もちろんだよ、大歓迎だ」

「今夜、何時から？」

「七時から」

「わかった。普通の格好でいいの？」

「え？」今度はバッカスが首を傾げる。「ああ、服装のことか。もちろん、そんなことは気にしなくても良い」

「プレゼントも買っていけない。だって、今夜だもんね。そうか、ホストは誰？」

「いや、そんな大したものではないんだよ」バッカスは笑った。「パーティなんて言ったのがいけなかったね。ただ、お茶を飲んで、お菓子を食べて、愉快に語り合おう、というだけの集いだ。君が来てくれたら、きっと盛り上がると思うよ。もう、いつも同じメンバだから、話のネタが尽きてしまってね。興味深いゲストを探していたというわけなんだ」

「ふうん。わかりました。とにかく行きます」エーリクは明るく答える。声が弾んでいるのがわかった。

「オスカーも来るね？」バッカスは僕を見た。

「しかたないですね」僕は頷いた。

バッカスは満足そうににっこり笑って、部屋から出ていった。

「いい人だね」エーリクがすぐに言った。

「このまえは、断ったじゃないか」僕は指摘する。

「そうだったかな。そのときは、パーティじゃなかったよ」

「ああ、お茶会だ」

「パーティはお茶会よりも楽しいはずだよ」

「名称の問題なのか。集まるメンバは同じだよ」

「うん、先輩ばかりだって聞いたから気が進まなかったけれど、今のあの人は良さそうな人だった」

「人は見かけによらないって言うよ」

「そんなことない。見ればわかるよ、良い人か悪い人か」

「そう……」僕は頷いて、口にしそうになった疑問を、考えた。

ユーリはどう見える？

僕は？

エーリクにとってどう見えるだろう。そしてきっと、彼の目は的確に人物を評価しているだろう、ということも感じた。そういう天性の勘の良さを、彼は持っているみたいだ。

「トーマも、お茶会に誘われたことがある」僕は話した。「下級生がゲストに呼ばれるのは珍しいことなんだ。たいていは、外部の誰かみたいだね。メンバの友人を連れてくることが多いらしい」

「ユーリは？」エーリクがきいた。「呼ばれたことがある？」

「ある」

「やっぱりね」

「どうして？」

「なんとなくさ……。ほかには、誰が呼ばれたことが？」

「さあ、僕の知っているかぎりでは、それだけだ」

「オスカーは？」

「僕は、呼ばれないよ。ああ、さっき誘われたのが初めてだ。どちらかというと、僕は敬遠されていると思う」

「どうして？」

「なんとなく」

2

その夜、僕はエーリクと一緒に、院生の寄宿舎へ出向いた。その建物は、学校の中でも最も古いものだ。一階はどっしりとしたレンガ造で、壁の半分は蔦《つた》に覆われている。レンガの塀にアーチの開口部があって、そこから入るとちょっとした薔薇《ばら》園になっている。なんでも、もともとは研究用に栽培されていたものらしい。その奥に院生の談話室へ通じる裏口があった。僕たちはレンガのステップを数段上がったところに立つ。木製の大きなドアの横に垂れ下がっている紐を引いた。室内でベルが鳴る仕掛けになっているのだろうか。それらしい音は外部にはまったく聞こえなかった。

「壊れているのかも」エーリクが言った。

窓は明るかったけれど、カーテンが締め切られていた。そのカーテンの端が動いて、誰かがこちらを覗き見たようだった。

やがて音が近づき、ドアを開けてくれたのはバッカスだった。

「やあ、よく来てくれたね」彼は満面の笑みを見せる。

室内は暖かく、大半は上着を脱いでいた。暖炉があって、そこで威勢良く火が燃えているからだ。絨毯《じゅうたん》の敷かれた床にソファが三脚、コの字形に配置されている。また、部屋の奥のテーブルには、フルーツや洋菓子、そしてグラスにボトルが並んでいた。テーブルの中央では、蠟燭《ろうそく》が何本か炎を灯している。なにか良い香りがしたけれど、食べものではなく、もっと人工的で刺激的なものだった。

ざっと十数人だろうか、僕たちよりは明らかに歳上の男たちが集まっていた。全員が笑顔で僕たちを、というよりもエーリクを見た。初めて見る顔は三人だけ。あとはどこかで会ったことがある。でも、僕が名前を知っているのは、バッカスと、あとはワーグナ教授のゼミを一緒に受けている一人だけだった。

「こちらが、オスカー、そしてこのまえ転校してきたばかりのエーリクだ」バッカスが言った。「いいね？　みんなあの話はしないように注意すること」

「え、何の話ですか？」エーリクがきく。

「もうさんざん言われただろう？」バッカスはエーリクに顔を近づけて囁いた。「我々は礼儀を重んじる。君が嫌がることは言わない。聞き飽きただろう？」

「ああ、トーマのこと？」エーリクは苦笑する。「べつにかまいませんよ。ただ、僕には全然関係がない、というだけのことです」

「オスカー、君も珍しい。ここに来るなんて」ゼミで一緒の先輩が僕に声をかけた。

「どういう風の吹き回しかな？」

「まあ、いちおう、保護者として来ました」僕は、エーリクの肩に手をのせた。

「へえ、そうなんだ」誰かが言った。「ユーリじゃなかったのかい？」

聞こえない振りをした。僕とエーリクは暖炉の近くのソファに案内され、そこに並んで腰掛けた。

「飲みものは？」髪の長い院生がきいた。音楽の指揮者だろうか。服装もそのまま、そんな格好だ。

ソーダを飲むことにした。よく冷えていた。グラスも高級品のようで、こんなのを割ったりしたら大変だ、と僕は思った。同時に、自分の貧乏性に呆れたけれど。

「トーマのことを話して良いって言ったね？」指揮者の先輩がエーリクに話しかける。

「おいおい、やめたまえ」バッカスが窘める。「ルール違反だぞ」

「しかし、本人が良いと言っているんだ」彼はエーリクの方を見る。「嫌だったら、いつでも言ってくれ。片手を、こう上げるだけでいい。即座に話を変えよう。何がいいかな？　天体のことならば、いくらでも話せる。そちらがいいかい？」

「トーマの話って、どんなことですか？」エーリクはきいた。

「うん。よろしい」指揮者はにっこりと微笑んだ。「僕たちは、彼のことが大好きだった。とても上品で綺麗な子だったね。うん、思い出すだけで、自然に胸が熱くなるよ」オーバな仕草で、彼は胸に手を当て、後方へ仰け反《の　ぞ》った。「ああ……、どうして死んでしまったのだろう。なにも死ななくったって、ね、そうだろう？　悩みがあったら、この僕に相談してくれたら良かったのに」

「そうですね」エーリクは頷いた。「やっぱり、自殺なんですか？」

「うーん、まあ、もちろん、記録は事故、正式にはすべて、それで片づけられているようだね。だが、誰がそんなことを信じるだろう？」

「でも、自殺だって、簡単には信じられませんよ、普通」

「君は聡明だね」指揮者は微笑んだ。「君自身はどうだい？　自殺をしようと思ったことはない？」

「ありません」エーリクは首をふった。「あ、でも、自分の首を絞めたことはある。あれは、自殺というよりは、何だろう？　自分を殺そうと思ったんだから、つまり……」

「同じだよ。それが自殺だ」

「そう、かな……」エーリクは首を傾げる。

「やけに暗い話をしている」暖炉の横に立っていた鬚の男が言った。「そのへんで、やめておいた方が良い、と忠告させてくれないか。相応《ふさわ》しくない、というものだ」

「相応しくない？　何に？」指揮者が振り返る。

「今夜にだよ」顎鬚に手をやって言った。「失礼だが、やはり、こうして見ても、君はトーマにそっくりだよ。違うのは髪形だけだといっても良いくらいだ。僕はデッサンをするから、それがよくわかる。自分では、その点については、どう思う？」

「いえ、なんとも」エーリクは首をふった。「理由はないし、単なる偶然です。そんなの、考えてもしかたがありません。最初、みんなが特別扱いするのが嫌だったけれど」彼はそこで肩を竦めた。「もう慣れました。僕はトーマじゃないし、それに、トーマはもういないから、やっぱりしかたがありません」

「そうだね」鬚の上の口が微笑む。「彼が生きていたら、二人並んで、うん、絵になっただろうね」

「絵に？」エーリクはまた首を傾げた。

「彼の絵を描きたかったのだが、残念ながら、願いは叶わなかった。誰だったか、写真を撮った奴はいたけれどね」鬚はテーブルの方を見る。

そこに座っている黒縁メガネの男が戯《おど》けた仕草で片手をひょいと挙げた。話を聞いていたようだ。彼の近く、テーブルの上にカメラが置かれていた。

「あいつだ」指をさして、鬚の口を歪《ゆが》める。「写真係といったところだね。ここだけの話だが、カメラは上等かもしれないが、腕はそれほどでもない」

「おいおい、それは見当違いというものだよ」メガネのカメラマンが声を上げる。

「写真の難しさを、君はどれくらい認識しているつもりかな?」

「トーマの写真があるのですか?」エーリクがきいた。

「ああ、あるよ」鬚の口が答える。

「見せてもらえませんか?」

「ああ、もちろん、いいとも」テーブルのカメラマンは嬉しそうに頷き、立ち上がった。「部屋まで取りにいってくる。少々お待ちを……」

カメラマンが部屋から出ていくのを見届けてから、鬚の男がエーリクに囁いた。

「彼氏、きっと言うと思うな。写真を撮らせてくれって。それよりも、僕に絵を描かせてもらえないか」

「いえ、どちらも、あまり……」

「断っているんだぞ」バッカスが言った。

「もちろん、わかっている」鬚が笑って頷いた。「いちおう、きいてみただけだよ」

飲みものは甘かった。それに、不思議な香りがした。香水でも混ざっているんじゃないかと思えたほどだ。僕は、どうも口に合わなかったので、途中でコーヒーを飲むことにした。部屋の片隅にコーヒーのポットがあった。下にアルコールランプがあって、温められている。こんなポットは初めて見た。いつでも熱いコーヒーが飲めるというわけだ。恐る恐る飲んでみたが、味は良い。まあまあ美味しかった。ただ、あまり香りがしない。淹れたてではない、ということだろう。

院生たちは、エーリクと話したがっている。僕は最初の席を離れ、テーブルの椅子に腰掛けて大人しくしていた。バッカスが隣にやってきて、僕と同じように、遠巻きにエーリクを眺めていた。ただ、彼はコーヒーではなく、その名に相応しい飲みもののようだった。

「なんとも平和な風景じゃないか」彼は小声で僕に言った。「そういう目的で、ときどき神様が天使を遣わすのかもしれないね。トーマが来たときも、そう思ったよ」

「では、トーマは、天国に帰ったというわけですか？」僕は尋ねた。

「そうそう、奇跡的じゃないか。本当によく似ている。双子なんじゃないかって、普通ならば考える」

「そういう可能性はないそうです」僕は否定した。それから、声を潜めて、彼に話した。「ああ、そういえば、ついこのまえ、街でサイフリートに会いましたよ」

「え？　本当かね」バッカスは僕を見据える。「へえ……、それはまた、どういうことなんだ？」

「ちょうど帰国している、と言っていましたけれど」

「うん、まあ、ありえないわけではないが……」

「ユーリによろしくって言ったんです。彼、ユーリとなにか関係があったんですか？」

「さあ……、いや、そんな話は聞かないね」

「ですよね。ちょっと意外だったから、先輩ならご存じかなって思ったんですけれど」

「いやあ、あいつはね、ちょっと異端児というか、とにかく問題児だった」バッカスは顔を近づけ、囁くように話した。「学校も手を焼いていたんだよ。素行が悪すぎる。ところが、奴の家は学校に多額の寄付をしているときたもんだ。結局の落としどころが、奴が留学することだった、というわけだよ」

「いずれは家も家業も継ぐわけですよね？」

「まあ、そんなのは心配ないさ、お殿様がいくら馬鹿でも、ちゃんと周りがなんでもやってくれる、そういう仕組みができているんだ、あれくらいになればね」

「そういうものですか」

「ここにいる連中はほとんどそうだよ。べつに学業なんて修める必要もない。一生遊んでいても問題なく過ぎていく。世の中には、明日の生活にも困る人間が大勢いるっていうのに、ほらね、こんなところで優雅に夜のお茶会だ」

「貴方は違うと？」

「僕も、例外ではない」バッカスは笑ったまま首をふった。

「優雅ですね」

「まあ、自覚があるだけ、多少ましだと理解してほしいがね」

「でも、そもそも学問というものが、ある程度は生活に余裕がなければできません」

「そう、君の言うとおりだ。芸術も学問も、あらゆる分野のアカデミックな文化の大半は、歴史的にも裕福層が担ってきたものだ。けれど、才能は富には関係がない。芸術的なセンスよりも、学問的なセンスの方が、はるかに才能に依存しているだろう。となれば、国民は全員、学問を修めるべきだね。才能を発掘するために、国がそれを援助する必要がある。たとえ女であっても同じだ。国策として学問を受ける権利、その機会の平等を、もっともっと実体のあるものにすべきだ」

「国策としてというのは？」

「そうすることが、将来の国の発展につながる。それによって、国がさらに豊かになるだろう。個人の才能が産み出すものの集合が、すなわち国の利益となることは自明だからね。今のように武力を重視するような政治は、いずれは破綻するだろう。これは、まだ国が貧しい証拠といえるものだよ」

「そうですか……。でも、列強はどこも軍備に力を入れていますよ」

「世界中が貧しいってことだね」

そんなアカデミックな話をしている間も、院生たちはエーリクの周りに集まって、彼に話しかけていた。エーリクが一言答えるごとに、小さな歓声が上がる。まるで演劇の観衆のような反応だった。

カメラマンが戻ってきて、ソファの前のテーブルに何枚かの写真を置いた。僕もそちらへ移動し、エーリクの後ろから、覗き込んだ。トーマの写真だった。室内で椅子に座っているもの。中庭のレンガの階段に立っているもの。明るい空をバックに手摺りにもたれかかっているもの。

「おお、なかなか芸術的ではないか」誰かが評価した。

「モデルが良かったんだろう」

「これは、ちょっと欲しいな、焼き増ししてくれないか」

「本人の許可が取れないから、そんな勝手な真似はできないよ」カメラマンは答える。

写真を見ていたエーリクは無言だった。どんな感想を持っただろうか。自分にそっくりの他人というのは、あまり気持ちの良いものではないはずだ。

ケーキを切って皿に取り分けることになった。そこで、突然大きな音が響いた。シャンパンの栓を抜いたのだ。

「びっくりした」エーリクは立ち上がっていた。「何？　ああ、シャンパンか」

「シャンパンを知っているのかい？」隣にいた鬚が尋ねた。

「当たり前だよ」エーリクは答える。「いつも一緒に飲んでいた」

「誰と？」

「母と……」

「ああ、そうか、それはまた、親孝行な息子じゃないか」

「しかし、君は未成年だろう？」

「子供のときから飲んでいたよ」

ワインもあった。僕は、ケーキにシャンパンという取り合わせが口に合わず、ワインにした。エーリクはシャンパンを飲んでいるようだ。大丈夫だろうか、と多少心配したが、子供じゃないんだし、と思い直す。どうも、彼を見ていると、知らず知らず本当に保護者みたいな気分になるのは、どうしてなんだろう。なにか、そういう作用が彼にはあるように思えるのだ。

それから一時間ほど経過した。僕はだいたいテーブルの椅子に座って一人で飲んでいた。ときどき誰かがやってきて、話しかけてくる。たとえばこんな話だった。

「君は、ちょっと日本人離れした造形だけれど、失礼だが、もしかして、その、そういった血が？」

「ええ、母が日本人とドイツ人のハーフでした」

「ああ、なるほど。すると、その理由で、ワーグナ教授と親しいんだね？」

「教授と友人だったのは、僕の父の方です」

「ドイツという国は、一度は行ってみたいところだよ」

それから、世界情勢の話になった。バッカスが話していたほど、ここにいる連中は馬鹿じゃない。だいたい、この学校に入ることが、一応のレベルを評価された結果なのだ。よほどの強いコネがないかぎり、それ以外の入学は不可能だと聞いていた。しかし、もちろん実際のところはわからない。

エーリクが酔っ払ってしまったようなので、もう辞去した方が良い、と僕は提案した。院生たちはまだまだこれからが楽しみなのに、と残念がったけれど、バッカスが僕の味方をしてくれた。

「まあまあ、最初なんだしね。だいたい、飲めない子供に、誰がこんなに飲ませたんだね？」

「違う違う。自分で飲んだんだよ。な？」カメラマンが言った。「むしろ僕たちは止めた方だ」

エーリクはもうソファの背にもたれかかり、虚《うつ》ろな目つきだった。

「しかし、綺麗な髪だな」隣にいた鬚の芸術家がそれに触れた。

「触るな！」突然、エーリクが腕を払い、立ち上がろうとした。

しかし、躰のバランスを崩し、テーブルに片手をつき、その勢いでグラスが倒れた。

一瞬で大騒ぎになった。グラスは転がって、床に落ちて割れる。エーリクは、別の男が抱きかかえようとしたのをふりほどくように暴れ、さらに彼の手が触れて、グラスがもう一つ倒れた。こちらは、近くにいた者が手を伸ばし、中身が零《こぼ》れただけで済んだ。

「おい！　雑巾を持ってきてくれ」

「さあさあ、こらこら、頼むから、ちょっとどいてくれ」

「ああ……、もう、酔っ払いは困ったもんだ」

「気をつけろ、ガラスに」

エーリクはふらついた足取りで、僕のところまでやってきた。

「オスカー、帰ろう」

「ああ……。さっきからそう言っているだろう？　聞いていなかったのか？」それから、先輩たちに謝ることにした。「どうも申し訳ありません。ちょっと度を越して飲んだみたいです」

「ああ、悪かった。失礼をしたのは僕の方だ」髭の先輩が笑った。「どうか気にしないでくれたまえ」

「そうだぞ、なにかというと、お前は手が早い」カメラマンが言った。「もう少し、奥床しさというものを学んだ方が良い」

僕は後片づけを手伝っていたが、途中でバッカスが、エーリクを指さした。テーブルの椅子の背に腕をかけ、そこに頭をのせたまま動かない。眠っているようだ。

「もう帰った方が良い」バッカスが言う。「君一人に任せて、大丈夫かな」

「ええ、大丈夫だと思います」

3

エーリクは自分の足でちゃんと歩いた。しかし、ほとんど口をきかない。温室の近くまで来たとき、花壇の縁石に座り込んでしまった。辺りは真っ暗だ。近くに明かりが灯っている窓さえない。見上げると、星空が一番明るかった。

「大丈夫か？」

「気持ちが悪い」

「飲み過ぎるからだよ」

「そんなはずはない。なにか、変なものを飲まされたんだ、きっとそうだ」

「みんなも同じものを飲んでいた。僕も飲んだ」

「じゃなかったら、たぶん、安物なんだ」

「ああ……、それはわからない。でも、そんな安物を飲むような連中ではないと思うけれど」

「そこの温室に水があるかな」エーリクは振り返りもせず言った。自分がどこにいるかは、わかっているようだ。

「水がどうした？」

「飲みたい」

「だったら、部屋まで行けば飲める」

「遠い」

「すぐそこだ」

「駄目だ……」エーリクは横に倒れる。「もう、ここまでだ」

「おいおい」僕は彼の躰を受け止めた。「ちょっと待った。こんなところで寝たら、死んでしまうぞ」

「死ぬわけない。少しの間」

時間が経つほど悪くなりそうな気がしたので、エーリクをなんとか立たせ、無理にでも歩くことにした。ずっしりと彼の体重を感じた。幾度か話しかけたが、もう返答さえしない。意識が朦朧《もうろう》としているのだろうか。彼の部屋がある建物は遠い。しかたなく、僕の部屋へ上がることにする。階段が一番大変だった。しかし、誰か助けを呼ぶわけにもいかない。寄宿棟とは離れているし、人の気配はまったくなかった。部屋の鍵を開けるために、通路に彼を一度寝かせた。ドアを開けたあと、彼を引きずるようにして部屋の中に入れた。

「ああ……」思わず溜息が漏れる。

声をかけたが、すっかり眠っているのか、返事をしない。頰を軽く叩いてみたが、まったく反応しなかった。少々心配になったから、とりあえず躰を持ち上げて、自分のベッドに寝かせた。それから、お湯を沸かすことにする。水を飲みたいと言っていたし、どうせなら温かいものの方が良いのではないか、と考えたからだ。

時計を見たら、まだ十時まえだった。しかし、寄宿舎の門限ではある。連絡をした方が良いが、このまま彼を残していくことも躊躇《ためら》われる。まあ、なんとかなるだろう、と諦めることにして、僕はデスクの椅子に腰掛けた。

僕自身も多少酔っていたかもしれない。あるいは、彼をここまで運び上げたことで疲れていたのか。椅子に座ってぼんやりしているうちに、ついうとうとしてしまった。

次に目が覚めたのは、十五分後だった。時計を見て、それを確認した。薬缶が火にかかったままで、危ないところだった。エーリクはまだベッドだったけれど、魘《うな》されて声を上げていた。その声で僕は起こされたわけだ。

夢でも見ているのだろうか。僕はベッドへ行き、彼を起こすことにした。

「エーリク」彼の手に触れた。白い細い指だ。

「行かないで」彼は言った。寝言のようだった。

眉を顰め、切なそうな表情だ。彼のそんな顔、見たことがなかった。まだなにか言いたそうな口。否、なにか言っているのかもしれない。少し動いていた。

もう一度声をかけても起きないので、肩を揺すった。ようやく、彼は目を開けた。

少し驚いた顔で。それから、瞳を僅かに動かす。部屋の天井をじっと見つめるような視線で最後は落ち着いた。

「エーリク」

視線がこちらへ。

「なにか飲むか?」

彼は小さく頷いた。口は閉じている。なにかを恥じ入るような形に結ばれていた。眉はもう普通の角度で、目の焦点も外れていない。ただ、顔が幾分青かった。貧血で倒れたときみたいに。

「温かいものが良ければ、飲めるよ。紅茶とか……」

「水がいい」初めて口をきいた。それで僕はずいぶんほっとした。

水をカップに入れて戻ると、彼はそれを飲んだ。そして、半分くらいでカップを僕に返すと、「ありがとう」と礼を言った。それをサイドテーブルに置き、僕はベッドに腰掛ける。彼を再び見ると、じっと僕を見つめていた。

「どうした？」

「悲しい夢を見たよ」彼は言った。

「魘《うな》されていた」

また一瞬だけ、あのなにか言いたそうな口の形になった。上目遣いに天井を見上げ、そして、一度喉《のど》を震わせるように息を漏らすと、僕を再び見る。その目から、みるみる涙が溢れ、頰を伝っていった。

「夢だよ」僕は言った。たぶん、僕は慌てていただろう。「もう起きたんだろう？」

「悲しいことにはかわりない」彼は泣きながら言った。涙を拭《ぬぐ》おうともしない。

見ていられなかったので、僕はタオルを取りにいこうと立ち上がった。

「行かないで」彼が呼んだ。

「え？　いや、タオルを取りに……、温かいタオルで顔を拭くか？」

彼が手を伸ばしていたので、その手に僕は応えた。冷たい手だった。

「悲しい夢を見るんだ。息が苦しくなるよ」彼は声を震わせる。「理由はわかっている。でも言えない。いつもは、ほかの連中を起こさないように、夜中に息を殺している。布団を被って、ぐっと力を入れて、声を出さないようにして」

「理由を話してみれば、もしかしたら、楽になれるかもしれない」

「どうして?」

「話すことで、自分の中で整理がつく」

「無理だよ」

「無理にとはいわない。もちろん、今すぐでなくてもいいし。人に話そうと努力をする、そう考えるだけで、きっとなんらかの整理ができる」

「それ、本当? どんな本に書いてあったこと?」

「心理学の本で読んだことがある。それに、僕の経験上からも、そうだといえる」

「経験って、どんな? 秘密を話して、それで楽になったの?」

「なったよ」僕は頷いた。「僕が黙っていたのは、僕の父が、母を銃で撃ったということだった。僕はこれを、警察にも話していない。ずっと誰にも言わなかった。もちろん、警察は誰が撃ったか知っていただろうね。今にして思えば、べつに僕が隠しても隠さなくても、大きな意味はなかったんだ。だけど、五年も経ったあとで、僕はある人にそれを話したんだ。もう、それを口にしただけで、涙が止まらなかった。あんなに泣いたのは一度だけだ。でも、そのときから、僕は、その出来事を冷静に見つめられるようになった。客観的な事実として受け止めることができるようになったんだ。夢で見ても、もう怖くない。むしろ懐かしいとさえ思えるくらいだ。忘れてはいけない、大事な思い出になった」

エーリクは、口に手を当てて、目を見開いた。

「驚いた？　僕は殺人犯の息子なんだ」

彼は首をゆっくりと左右にふった。否定の意味だとは思うけれど、では、否定されたのは何だろうか、と僕は考えた。

僕という人格が否定されたのか、あるいは僕が言ったこと、その表現が否定されたのか、それとも、僕が問いかけようとしたかもしれない疑問、つまり、親の不幸を子供が受け継がなければならないという因果、そんな固定観念に対する否定だっただろうか。

もちろん、僕は知っている。

自分なりに、すべてを僕は考えたのだ。

僕に罪がないのと同じように、父は、自分の判断でそれを行い、そのことで恥じることはなかったのだ、と。

だからこそ、彼は僕に告げたのだ。

今、母さんを撃った、と。

何度も繰り返し繰り返し考えた末、僕はその結論に達した。僕自身はもう整理をつけている。僕にとって、父は、あの人は、立派な男だった。母は、可哀相な女だった。そんな単純なものでないことくらい重々わかっているけれど、そうやって、写真を撮るように、歴史を切り取り、引出しの奥にそっと仕舞っておこう、と思った。引出しを一度閉めてしまえば、もうそれは普通の風景になる。僕は、自分の風景の中に生きていけるのだ、と……。

目の前の彼はまだ目を潤ませている。滑らかな頰に涙が伝っていた。左の頰にも、右の頰にも……。僕の手を握っている。いつの間にか固く、力が込められていた。

僕がこのとき感じたものは、何だっただろう。

よくわからないものを感じたのだ。

たぶん、一番近い表現でいえば、それは、美だった。

何故かそう感じた。あとから考え直してみても理由はわからない。とにかく、美しいものを見ているような、美しいものに触れているような、そんな気持ちになった。自分の中で、その美しさが、温かさに変わり、そして熱くなった。

突然、彼は僕に近づき、抱きついてきた。僕の胸に顔を埋めた。彼は呼吸をするたびに震えた。その振動が、直接伝わってきた。

言葉を思いつかなかったから、僕は彼の髪に手を触れた。けれど、すぐにその手を離した。そうだ、触れてはいけないものがあるはずだ、と思い出したからだ。僕は力を抜いて、彼から離れようとした。それを感じたのか、彼もすぐに僕から離れた。

「いつも、若い家庭教師が来たんだ」エーリクは話し始めた。「大嫌いな奴ばかりだった。頭も悪いし、なにも知らない。本に書いてあることの方がずっと役に立った」

エーリクは母親と二人で、住まいを転々としたという。彼女は資産家の娘だったらしい。生活はまったく豊かで、優雅なものだった。彼はほとんど学校へ行っていない。勉強が好きだったから、いつも本を読んでいた。彼のところへは、家庭教師が何人も来たけれど、なにも教えてくれなかった。不思議なことに、数日だけ来たかと思うと、もう来なくなる。そして、また新しい家庭教師が現れる。

彼は知っていた。でも、ずっと知らない振りをしていた。家庭教師が母親と寝室へ入っていくのを。

「結局さ、僕がもう子供じゃなくなったから、とても隠せないと思ったんだろうね」エーリクは語った。「最後は、学校に入れてしまうしかなかったんだ。でも……、それでも、まだ僕は信じているよ。きっといつか、彼女は僕が一番大事だということに気づくだろう。男はいくらでも取り替えられるけれど、息子は僕一人しかいない。身内はたった一人なんだって。いつかきっと、気づくはずなんだ」

「ああ、そうだね」

「そうしたら、僕を迎えにきてくれる。そして、もう二度と離れることはない。ずっと一緒に暮らしていけるはずだ」

「いつまでも？」僕は尋ねた。

「そうだよ、いつまでも」

それはどうだろう、と僕は感じたけれど、黙っていた。彼は、まだそんなふうに考えられる、そう信じられるくらい素直だということ。もしかしたら、僕の方が年齢を重ねた分、汚れてしまって、世の中の嫌らしさに染まってしまった、ということかもしれないじゃないか。なんとなく、彼の顔を間近で見ていると、そちらが正しいように思えてくるのだった。

きっと、その正しさが、美しいと感じたものの一つだろう。

「気分はどう？」僕は尋ねた。

「え？」

「酔いは醒めた？」

「ああ、そういえば……、ちょっと良くなった」エーリクは目を擦って笑った。「少し頭が痛いだけかな」

物音がした。ドアの外のようだ。

僕はそっと立ち上がり、そちらへ近づいた。耳を澄ませる。ドアノブに手をかけ、それを引き開けた。

戸口に二人いた。一人は、クラス委員の黒メガネだ。もう一人は、数メートル後ろに下がっている。エーリクと同室の奴で、もちろん顔は知っているが、名前は思い出せなかった。

「盗み聞きか？」僕は言った。

「いや、違うよ」黒メガネは顔をぶるぶると振動させた。「今、ノックをしようとしたところだ」

「慎重なノックが好きか？」

「本当だ。その、えっと、彼が……」黒メガネは後ろを一度振り返った。「同室のエーリクが帰ってこない、と言ってきたからさ。オスカーと一緒に院生棟のパーティに行ったらしい、と聞いたんで、その、それで、君がもう帰っているか、エーリクを知らないか、尋ねようと思っただけだよ」

「僕なら、ここにいるよ」部屋の中からエーリクが声を上げる。

黒メガネは、僕を見据えて、無言で頷いた。

「そういうことだ」僕はつけ加えた。

「どうして、エーリクは、自分の部屋に帰らないんだ?」黒メガネがきいた。

「ああ、途中でちょっと具合が悪くなって、ここで休んでいただけだ。もう少ししたら、戻れると思う」

「そうか……、うん、わかった……、でも」

「何だ?」

「いや、べつに……」

「お役目ご苦労さん」

僕はドアを閉めた。

「馬鹿野郎」思わず口から言葉が零れる。

椅子の背に掛けたままだった上着のポケットから、煙草を取り出し、一本を抜き取って火をつけた。普段は部屋の中で吸うことはない。ユーリがいるからだ。僕は窓の近くへ行き、少しだけ開けた。中庭を戻っていく二人の影が見えた。こちらが見えないように、僕はすぐに窓から離れた。

「お節介だね」エーリクは言った。見ると、彼は笑っている。これには少し驚いた。

僕には可笑しいことだとは認識できなかったからだ。

「可笑しいか?」

「可笑しいよ。どうして、みんなあんなに親切なんだろう。他人なのにね」

「親切か……。そういうふうに考えられることが、僕には驚異だよ」

4

エーリクとはその後もずっと話をした。一番沢山話したのは、ユーリのことだった。二人の関心事が一致していたようだ。どうにかして、彼を救いたい、といったテーマだったように思うけれど、ではいったい何から彼を救うのか、という点では曖昧だった。僕が想像していた以上に、ユーリとエーリクの関係は悪い状態だった。衝突が幾度もあって、強い言葉の攻撃がユーリから発せられていた。多少の誇張はあったかもしれないが、エーリクが嘘をついているとは思えない。彼は、口でははっきりと言わないものの、ユーリのことを心配しているのは確かだ。それがよくわかった。

どうしたら良いだろうか。僕が間に入るしかない。二人とも、僕にとっては大切な友人だ。どちらも悪くないはずなのに、完全に拗《こじ》れてしまっている。否、問題は明らかにユーリの側にある。やはり、その問題を取り除かなければならないだろう。

エーリクが帰っていったのは、空が白んできた頃だった。僕はそのままベッドで眠った。朝食の時間にも食堂へは行かなかった。正午まえには目が覚めたが、昼食もパスして、午後は課題のレポートを書いた。幸い、特に調べものもせず、思考の出力だけで済ませられる問題だったから、部屋から一歩も出なかった。途中でコーヒーを淹れて飲んだだけだ。夕方には、ようやく空腹を感じて、食堂へ出向いた。何人かのクラスメートと顔を合わせた。黒メガネもいて、僕を妙にじろじろと見るのだが、放っておいた。エーリクの姿はなかった。もちろん、彼を待つこともなく、僕は食堂から出た。

通路で呼び止められる。中年の事務員だった。

「ワーグナ教授の部屋へ行くように」

「今からですか?」

「ああ、今なら、いらっしゃる」

振り返ると、食堂の戸口に黒メガネが立っていて、こちらを見ていた。人のことがいろいろ気になる性格のようだ。他人に関心がある、というのは、しかし、考えてみたら優しい心がなせることかもしれない。ああいう人格は、政治家か、あるいは軍人には向いているだろう。ただ、少なくとも技術者向きではないから、この学校にいるのはいかがなものか。まあ、しかし、そんなことはどうでも良いこと、と一瞬で思考を消し去った。

外は冷たい風が吹いていて、すっかり暗くなっていた。雲行きが怪しい。夜のうちに雪でも降りそうな気配だった。ピロティを横断し、中庭を抜けていく。建物の中に入って、階段を上った。すべての物体が冷たい。触らなくても、それがわかった。金属も木もタイルも。ようするに、死んでいるものは冷たい。生きているものだけが温かいわけだ。というよりも、温かいからこそ、冷たいと感じるのだな。そんな馬鹿げたことを考えているうちに、ドアの前に立っていた。軽く二回、ノックをする。教授の声が聞こえたので、僕はドアを開けた。

「失礼します。お呼びだと聞きましたので」

教授は、本棚に立て掛けられたステップの中段にいた。高い場所の本を取るか、戻すかしていたようだ。

「ああ、オスカー、うん、まあ、そこに掛けていてくれ」

言われたとおり、デスクの横のソファに座って待った。教授は、ステップに立ったまま、本を広げてページを捲《めく》っている。

「そうそう、ここだ。ああ、やっぱりね……」そう言うと、彼は本を閉じて書棚に戻した。そして、ゆっくりとステップを下りた。「いや、式が間違っているのを見つけたんだよ。最近の論文でね。引用されている本を見たら、そちらも間違っていた。権威のある本なんだ。困ったものだ。世界中に間違ったまま広まってしまうかもしれない」

「どなたが書かれた本ですか？」

「私の古い友人が書いたものだ。まだ生きているよ。うん、すぐに知らせてやらないと……。いや……、おそらく、既に知っていることだろう。新しい版では直っているにちがいない。あの本は初版だからね。だが、一度世に出てしまったものは正せない、ということだ。これは、システムに問題があると考えた方が良いかな？　そう、つまりは、印刷というシステムが抱える欠点だといえる」

「ミスをする人間の問題ではありませんか？」

「人間のミスは取り除くことができない。どんなものでもそうだ。印刷のミスも同様。だから、本当の問題は、ミスがすぐに正せないシステムにある」

「しかし、いくら印刷をし直しても、一度印刷してしまったものは、もう直せません」

「直せるような時代が来るかもしれない」

「どういうふうにですか？」

「さあね……」教授はにっこりと微笑んだ。「しかし、できない技術ではない。考えることはできる」

「僕には考えられません」

「うん、そうかもしれないね」教授はデスクで煙草に火をつけてから、僕の前の肘掛け椅子に座った。「もっと学べば、もっと先のことが見えてくるだろう。人間に考えられないものなんて、なにひとつない。考えられない、わからないものがあるとしたら、それは、考えようとしないだけの話だ。わかろうとしないだけのことだ。覚えておくといい」彼は脚を組み、深呼吸をした。「さて、君に説教をしなければならない。不幸なことだ」

僕は黙って座っていた。

「クラスの指導教官から、私に連絡があった。こんなことまで私が担当する義理はないと思ったのだが、向こうは気を利かせたつもりなのだろう。君が、私の友人の息子だからだ」

「はい、何でしょうか？」

「昨日の夜、転校生と院生のパーティに出席したそうだが、そこで酒を飲んだのかね？」

「はい、飲みました」

「うん、いちおうだが、学内での飲酒は校則で禁止されている。君は、未成年だ。もちろん、彼も、エーリクだったかな、彼は君よりも若い」

「申し訳ありませんでした」

「黙認はされている。院生は既に成人した大人だ。彼らが招待をしたのだから、彼らにも責任はあるだろう」

「いいえ、断ることはできました。自分の意志で飲みました」

「まあ、それだけならば、よくあることだ。それほど問題にはならなかっただろう」

「え？」ここまでは想定していたことだったので、僕は少し驚いた。ほかにもなにかあるのか……。

「エーリクを君の部屋に泊めた、というように聞いた。本当のことかね？」

「はい」僕は頷いた。

「同室のユーリは？」

「彼は帰省しています」

「では、二人だけだった」

「そうです。あの……、彼が酔っ払ってしまって、具合が悪かったのです。それで、部屋で寝かせました」

「寄宿舎まで連れていけば良かった、と思われるが……」

「そうです。しかし、彼は歩けない状態で、遠い部屋まで連れていくことが困難でした」

「誰かを呼びにいけば良かった」

「はい。ただ……、酔っていたので、少々後ろめたかったのです。酒臭い人間を連れていって、あれこれ言われるのも嫌でしたし、騒ぎになるよりも、と考えました」

「なるほど」教授は頷いた。「その後ろめたさは、常識的だと思う。しかし、それ以上の後ろめたさを、君は感じなかったのかね？」

「どういうことですか？」

教授は数秒間、無言で僕を見据えた。圧倒されそうな強い視線だった。

「よろしい。私は君を信じている」彼は口許を緩める。

重い言葉だ、と感じて、それを受け止めるだけの返答が思い浮かばなかった。ただ黙って、そこに座っていると、教授は立ち上がった。

「今はこれ以上言うことはない。もうよろしい」

出ていけという意味だ。僕は立ち上がり、無言のまま頭を下げ、部屋から出た。もう一度、謝罪の言葉を述べるべきだったかもしれない、と階段を下りているときに後悔したけれど、しかし不幸なことに、僕はあれ以上謝る理由を自分の中に見つけることができなかった。酒を飲んだことは、たしかに規則違反だけれど、それくらいは、これまでだって黙認されていたことではないか。それよりもなにより、ワーグナ教授からの戒告《かいこく》だったことが僕にはショックだった。彼だけは僕のことを理解してくれていると信じていたからだ。この学校では、否、それ以外でも、彼だけが僕の唯一の拠《よ》り所である。父の友人だったというだけの意味ではない。学問の崇高さとは、人をここまで引き上げるものか、と何度か感じた。尊敬に値する人物なのだ。

部屋に戻ってからも、僕は考えた。そのうち、ようやく非難されている理由に思い至った。そうか、エーリクのことであらぬ誤解をされているのだ。

失礼な話だ。それは、僕だけでなく、エーリクに対しても侮辱《ぶじょく》以外のなにものでもない。そもそもそういった想像をする人間の方が非難されてしかるべきではないのか。無性に腹が立ったので、なにかを思い切り蹴飛ばしてやりたくなったけれど、近くを探しても自分の靴くらいしかなかった。ユーリがいたら、僕がどれくらい苛立っているか観察できただろう。冷静な彼なら、鼻で笑ってこう言ったかもしれない。

「それが、世間の嫌らしさ、卑近な大衆というものさ。今頃気づくなんて、君にしては甘かったと指摘されても妥当だ。その怒りは、注意を怠った自分に向けるべきだと思うよ」

窓を少し開けて、煙草に火をつけた。煙を吐き出したときには、まさにその言葉のとおりだと思った。エーリクには悪いことをした、責任は自分にある、と落ち込んだ。

翌日、僕とエーリクは指導教官のところに呼ばれて、部屋を替わるように命じられた。その教官は僕たちを叱るようなことはなかったけれど、教官の中でも最も厳しい人だったので、僕もエーリクも口答えなどできなかった。なにを言われても逆らわないのが一番だ、と二人で話し合ってから部屋に入ったこともある。

「信じられない、どうしよう」教官室を出たあと、通路を歩きながらエーリクが呟いた。「ユーリと同じ部屋だなんてさ。どうしてくれるのさ。殺されちゃうよ、本当に」

「大丈夫だよ。きっとうまくいく。もしかしたら、ゆっくり話し合う時間ができて、今までの蟠《わだかま》りも消えるかもしれないじゃないか」

「ありえない」

「時間も経《た》っている。そろそろ良いことがあるさ」

「もちろん、僕は努力をするつもりだけれど、でもきっと、彼が受け入れてくれない」

トランクに私物を詰め込み、本を箱に入れた。棟が違うので、重い荷物を運んで、二度往復をした。二度めは、新しい部屋の友人一人が一緒に来てくれて、荷物を持つのを手伝ってくれた。一方、エーリクの方はまだ来たばかりということもあって、荷物はトランク一つだけだったようだ。そのトランクを持った彼と、中庭ですれ違った。

「ユーリ、いつ帰ってくるの？」

「さあね」僕は答える。

「それまで、一人きりだ。なんかさ、この建物、古いし、嫌な感じだな」エーリクは建物の壁を見上げて言った。「気持ち悪いよ」

「特に不具合はない。ああ、そうだ、窓が少し固い。全部は開かない。無理に動かさない方が良いね」

「こんな寒いのに開けないよ」

「夜に、ぎいぎいと変な音がすることもないし」

「ああ……」エーリクは溜息をつく。「僕は、まえの部屋の方が良かったな。あそこを、五人で使うことにしたら良いのに」

「二人部屋なんて、贅沢じゃないか。文句言うなよ」一緒にいたクラスメートが笑って言った。

僕はエーリクのデスクとベッドを使うことになった。かつては四人部屋にいたのに、こんなに狭かったっけ、と感じた。特に、今までいた部屋に比べたら、非常に狭い。コーヒーを淹れるような場所さえない。

「ねえ、どれくらい叱られた？」何人かに囲まれて尋ねられた。ほかの部屋からも三人来ているのだ。余計に部屋が狭くなる。それでも、ほとんどが帰省しているので、残っている者は少ない。その点では幸いだった。普段だったら、通路の外にまで大勢が集まったかもしれない。

「全然」僕は首をふる。

「でも、ワーグナ教授にも呼ばれたんでしょう？」

「ああ……」

「エーリクがあそこへ行かされた方が可哀相だよな。ユーリと一緒だなんて……。絶対になにか起こるにきまっている」

「そうそう、一触即発だもんな、彼ら」

「ようするに、罰せられたのはエーリクなんだね。オスカーにはお咎《とが》めがなかった」

「え？」僕は首を傾げた。

「やっぱり、教授の口利きだったんじゃないの」

どうも、また誤解をされているな、と思ったけれど、面倒だったので、それ以上話すのをやめた。ベッドは二段で、僕は下だった。ふて寝というのだろうか、起きていることが億劫になった。僕はしばらく目を瞑り、眠ることにした。誰とも話をしたくないし、夕食も食べたくなかった。

翌日にはさらに何人かが帰省をして、学校は静かになった。僕の部屋にも、あと一人しかいない。そいつは、一昨日の夜に、クラス委員の黒メガネと一緒に、僕の部屋へやってきた奴だった。

「君は、どうして帰らないんだ？」と尋ねると、

「せっかく、オスカーと同じ部屋になったんだからね。もう少しいるよ」と答える。

「わけのわからないことを言う」

本当に、世の中、わけのわからないことが多い。否、そうじゃない、自分にそれを理解しようという気持ちがないだけだろう。ワーグナ教授の教訓を少し思い出した。

こんな事例に適用したら、罰《ばち》が当たりそうだ。だから結局、世界は、理解が面倒なもので溢れかえっている、という表現に落ち着いた。

ユーリが帰ってきたら、どうなるだろう。こうなったら、僕が間に入るよりも、二人が直接やり合った方が、案外解決の早道かもしれない、と考えることにしよう。もともと、気を回す方が不自然なことだったのだ、と。

ユーリが帰ってくるまえに、エーリクがいなくなるなんて、このときは想像もしていなかったのだ。

第4章

彼を
生かすためなら
ぼくは

ぼくのからだが
打ちくだかれるのなんか
なんとも
思わない

……

そうして

ぼくはずっと
生きている
彼の目の上に

1

　年が明けて、明日から講義が始まるという日、ユーリが戻ってきた。僕は、中庭で彼に会った。ちょうど到着したところだったようだ。黒いオーバに、茶色のマフラをしていた。僕はポケットに両手を突っ込んでいたけれど、そのままでは屋外に長くはいられない服装だった。

「今年もよろしく」僕は挨拶をした。

「よろしく」彼は返事をする。

「ちょうど、君の部屋へ行こうと思っていたところ」

「事務で聞いたんだけれど……」

「ああ、そう、部屋替えがあったんだ」僕は簡単に言った。

「どうして？　何があったの？」ユーリが眉を顰める。「事務の人は、理由を教えてくれなかった。こんな時期に急に変だ」

「まあ、積もる話は、上でしょう。エーリクも交えて」

「彼と同室だなんて……、困るな」ユーリはステップを上がり、ドアを開けながら振り返った。

ドアを開けたまま、彼は待っている。さきに入れという仕草だった。

「ありがとう」僕は彼の前を通った。「困るって、どうして？」

「どうしてって……」彼はそこで大きく息を吐いた。ドアが音を立てて閉まった。

「彼、僕と喧嘩をしたがっているからね」

「そんなことはないと思うよ」

「まあ、べつにね、誰と同室になったところで、精神的なことを除けば、特に支障はないけれど」

「精神的なこと？」僕は、彼のその表現が可笑しかったので笑った。「そんなことをいったら、たいていの問題は精神的なことじゃないか」

「些細な問題だ。精神的なものは、精神的に解決できる、という意味だよ。物理的な問題に比べれば、贅沢な悩みといえる」

「お互いに、そう考えたら、喧嘩にはならないな」

「お互いが我慢をすれば、解決ができるということだね。そう、そのとおり」

「なかなか崇高な志だと思うよ。是非、実現してもらいたい」

「あちらの問題だ」

「そうかな？」

「僕に関わらないでほしいね」

「うーん」

部屋のドアは鍵がかかっていなかった。ユーリとともに部屋に入ったが、エーリクはいない。ベッドの上に脱ぎ散らかされた衣服がまず目についた。

「だらしがないなあ」僕は呟く。「まだ、食堂かな？」

「事務室で、手紙を取りにきたばかりだ、と聞いたよ」彼はコートを脱いで言った。「どこか、そこらへんで読んでいるのだろう」

僕はエーリクのデスクの椅子を引いて腰掛けた。ずっと僕が使っていた椅子だ。そして、部屋替えになった経緯をユーリに説明した。

話はすぐに終わってしまったが、ユーリはなにも言わなかった。トランクの中のものを片づけ、それから紅茶を淹れる準備をした。まだ湯が沸いていない。

「感想は？」僕は尋ねる。

「べつに……」それが彼の答だった。

ユーリが淹れてくれた紅茶を飲んだ。窓を開けて中庭を見下ろす。そういえば、ずっとここにいたな、という眺めだった。

「向こうの部屋じゃあ、近くに煙草を吸う場所がない」僕は言った。

「諦めた方が良いね」ユーリが指摘する。「火の始末に注意してくれ」

「エーリクと話したんだけれど、彼も、その、僕と同じように、君のことを心配しているんだ」

「心配されるようなことはない。いたって健全だ」

「うん、そうかもしれない」僕は微笑んだまま頷いた。「とにかく、君に敵対しているわけじゃない。なんとか、うん、上手くやっていってもらいたい、というのが、友達としての、僕の希望だ」

「ありがとう」ユーリは無表情だった。いつものとおり。

「どうだった、故郷は」

「いつもどおり」

「帰るところがあるのは、羨《うらや》ましいよ」

「いや、僕は逆だ」ユーリは姿勢良く座っていた。カップを口につけ、それをデスクに戻すと、話を続けた。「君もエーリクも背負うものがなくて、それが羨ましい。自分一人だけで生きていけたら、とときどき考える。好きなことができる自由ほど貴重なものはないと僕は思う」

「ああ、そう、そういわれれば、たしかにそうかもしれない。ずっと自由の中にいると、案外それに気づかないかもね。逆に、自分を制限していた不自由さが懐かしい、自分を拘束するような不自由さが欲しくなるときがあるんだ」

「我《わ》が儘《まま》なものだね、人間というのは」

「さて、紅茶、ありがとう。またこんなところで長居をしていると、誰かに告げ口されそうだ」僕は立ち上がった。「しかし、おかしいな、エーリクはどこへ行ったんだ？　君が今日帰ってくることは知っているはずなのに」

「気を遣って、少しでも顔を合わせないようにしているんじゃないかな」

夕方近くになって、自分のベッドで本を読んでいたら、ユーリがやってきた。部屋には僕一人しかいなかった。

「オスカー、エーリクがいない」ユーリは言った。珍しく慌てている表情だった。

「いないって？　どこへ行った？」

「ワーグナ教授から、捜すように指示されたんだ」ユーリは話す。「エーリクが受け取ったのと同じ手紙が、学校にも来ていたらしい。彼の母親が死んだって」

「え？　エーリクの？」

「そう。今朝、その手紙を彼は読んだ。そのあと、部屋で彼を見かけていない。どこかへ出かけていったようだ」

「無断で？」

「コートを着た彼らしい人物が、門から出ていくところを、守衛が見ていた」

「どこへ行ったんだ？」

「その手紙を書いた人のところだろうね。そこしか、彼が行く場所はないはずだ」

「手紙は誰から？」

「弁護士らしい。遺産のことで、連絡をしてきたんだよ」

「なるほど、それじゃあ、亡くなったのは、ずいぶんまえってことか？　どうして亡くなった？」

「とにかく、迎えにいかなければならない。君も一緒に来てくれ」

「ああ、わかった」

僕は急いで身支度を整えた。エーリクが向かった場所は、汽車で一日はかかる遠方だ。今から駅へ行って、今日の便に間に合うだろうか。

「時刻表で調べた。夜行が出る。それに乗れば、向こうに朝に着ける」ユーリは言った。

　僕とユーリは駅まで出て、そこで切符を買った。汽車まで二時間もあったので、さきに食事をすることにした。近くで探して、食堂に入った。

「思い詰めて、おかしな真似をしなければ良いけれど」ユーリが心配そうに言った。

「エーリクが？」

　ユーリは頷く。

　たしかに、と僕も心配になってきた。完全なマザコンだった。母親と二人だけで暮らす未来を語っていたではないか。

「母親のことで自殺しようとしたことがあると話していた」ユーリは淡々と語った。

「そんな話、聞き流していたけれどね」

「自殺するなら、わざわざ飛び出していかないだろう？」僕は言った。

「そうだね。僕たちのあの部屋で、首を吊れば済むことだ」ユーリは少し顎を上げた。「僕に対する当てつけにもなる」

「それは、言いすぎだ」僕は彼を睨んだ。

「自殺なんて、トーマだけで沢山だ」ユーリは眉を顰める。

　一瞬の、本当に悲しそうなユーリの顔だった。

良かった、と僕は少し安心した。ユーリには、まだ優しさが残っている。これが、本当の彼だ、と。

食堂を出てから、駅のベンチで時間を潰した。ユーリは本を持っていて、それを読んでいた。まったく、準備の良い男だ。

「もしかして、僕が戻ってくるから出ていったのかもしれないと考えたよ」ユーリが突然言いだした。本を読んだままの姿勢だった。「その気持ちも、幾らかあったんじゃないかな」

「楽しみにしてはいなかったと思うが、出ていくのなら、なにか一言残していくだろう。書き置きくらいしていくさ」

「そうだね」ユーリは頷き、そこで溜息をついた。

僕はトーマのことをまた連想した。ユーリも同じだっただろう。トーマは書き置きを残していったのだ、ユーリに対して。

「ところで、どうして君がこの役に指名されたんだ？」

「同室だからだろう」

「そうか……。普通ならば、クラス委員だよな」

「彼は帰省している。今頃学校に帰ってきているはずだ」

「で、君が僕を指名した理由は？」僕はさらに尋ねた。

「僕一人で迎えにいっても、エーリクはいうことをきかない」ユーリは答えた。「それでは、僕は使命が果たせない」

「なるほどね」僕は頷いた。

「迷惑だったかな？」顔を上げて、ユーリは僕を見る。

「いや、そんなことはない。二人とも僕の大事な友達だ」

その言葉を確かめるように軽く頷いてから、彼は視線をまた本に落とした。

ホームは風が吹き抜けて寒かった。正月明けのためか、客はそれほど多くない。夜行列車は予定どおり出発し、僕たちは窓際に向かい合って座ることができた。隣の席には誰も座っていない。僕はしばらくは夜の街の風景を眺めていたけれど、途中で眠ってしまった。起きたときには、窓の外は明かりもなく、真の暗闇だった。ユーリは本を膝に置き、黙って座っていた。目は開いている。眠っているわけではなかった。リズミカルな走行音以外には、ずっと離れた席で賑やかな話し声がときどき上がるくらい。車掌《しゃしょう》が回ってきて、僕たちは切符を見せた。こんな夜の列車は、小さかった頃に幾度か経験があった。その最後が、父と二人で家を出たときのことだった、と僕は思い出す。

時計を見たが、まだ出発して一時間ほどだった。

「来年度だけれど、学校をやめるかもしれない」ユーリが話しかけてきた。囁くような、そして押し殺したような抑制された発声だった。「まだ決まったわけではないけれどね」

「四月から、ということ？　やめて、どうする？」僕は尋ねた。質問をしたあと、しだいにショックが躰中に浸透するのがわかった。「何故？」

「いや、まえから考えていたことなんだ。どうも僕には今の分野が向かない。家の期待に応えて、今までなんとかやってきたけれど、やはり、自分の考えで進みたいと思った」

「進むって、どこへ？」

「うん、僕は神父になりたい」

「は？　神父って、ああ、教会の……、えっと、どうやってなるんだ、あれは」

「そういう学校があるんだよ」

「へえ……」僕は驚くばかりだ。

「どう思う？」

「いや、ちょっと、なんとも言えないくらい、驚いているよ。ああ……、でも、なんだかもったいない気はするね。君の才能を知っているだけに」

「才能？　そんなもの、僕にはないよ」

「少なくとも、僕よりも成績が良いだろう？　クラスでもずっとトップだったじゃないか」

「それは、勉強していたからね。うん、少しだけ勤勉だという才能はあるかもしれないけれど。もう限界だと思う。エーリクや君の方がずっと理系には向いているだろう」

「それにしても、何故、神父に？」

「子供の頃から、なりたかったから」

「それは、珍しいな」

「できれば、少しでも、人の力になりたい」

「それだったら、科学技術だって、社会のため、大勢の人間のためになっているよ」

「本来はそうだね。でも、今の世の中を見ていると、他国よりも優れた兵力を持つことにやっきになっている気がする」

「ああ、まあ、それはそうかもしれない。でも、こんな時代が、長く続くとは思えないよ」

「今の時代はこれだ、というものに、乗りたくないんだ。世の中には、沢山困っている人、悩んでいる人がいるよ。彼らが求めているのは、もっと別のものだ。誰にでもできるけれど、誰もしようとしない、もっと簡単なものなんだ。僕はそういうことに自分の力を注ぎたい」

ユーリは、そこで頷き、窓の方へ顔を向けた。ガラスに映った彼の顔を僕は見た。その反射で彼と目が合う。

「家の人は、どう言っている？」僕は尋ねた。

「まだ話していない」彼は答える。そして目を瞑った。

きっと反対されるだろう、と僕は考えた。彼が、親の束縛のない僕やエーリクのことを羨ましいと発言したことを思い出した。ユーリの家は地元の名士である。長男の彼に対する期待が強いはず。彼が今語った将来は、その期待に添っているものとは思えない。当然ながら、衝突になるだろう。逆にいえば、その困難を乗り越えようとしている彼の決心に、僕はとても驚いた。僕に話したということは、既にそういう段階なのだろう。相談ではない、決意の表明なのだ。

彼が目を瞑ったので、それ以上話さないことにした。もう少し聞きたい部分もあったけれど、また次の機会にしよう。

目を閉じた彼の顔を、僕は見ていた。ずっと同室だったけれど、こんな膝が接するような間近で、彼を見たことはあまりなかったかもしれない。いつも、数メートル離れて会話をしていた気がする。僕たちの距離は、ずっとそうだったのだ。

ユーリに最初に会ったのは、何年まえになるのか。その頃はまだ幼さを残した少年で、女性のように優しい顔立ちだったように覚えている。今は痩《や》せてしまい、鋭角な印象で、それは彼の性格の変化とも一致しているかもしれない。否、少なくとも表面的にはそうだ。僕は、彼が本当はとても優しい人間だと知っている。

いつだったか、理科室で実験をしているときに事故があった。コルク栓を投げてふざけていた連中がいて、僕たちのテーブルへそのコルクが飛んできたのだ。たまたま、強酸の液が入ったビーカの中にそれが飛び込んで、近くにいたユーリに液体が跳ね飛んだ。彼は目が開けなくなり、僕は、彼を医務室へ連れていくことにした。部屋を出るときに、それをやった当人たちが笑っていたのが僕は気に入らなかった。だから、そいつらに怒鳴って、呼びつけようとした。そのときに、ユーリが僕に囁いたのだ。

「オスカー、いいよ……。彼らのせいじゃない」

どうして、そんなふうに考えられるんだ、と僕は思った。医務室で、彼が手当てを受ける間も、彼を見ながら、ずっとそれが不思議でならなかった。

幸い、彼の目は大したことがなく、念のため片目に眼帯をして、僕と二人で医務室を出た。僕は、自分の疑問を彼にぶつけてみた。

「どう考えたって、奴らのせいじゃないか。笑っていたんだぞ」

「どうしたかった？」ユーリは笑って僕にきき返す。

「そりゃあ、一発殴ってやりたい。じゃないと、気が済まない」

「そんなことをしてもらっても、僕は全然嬉しくないよ」

「いや、僕の問題だよ」

「どうしてオスカーの問題なんだい？　被害を受けたのは、僕だけじゃないか」

「まあ……、それはそうだけれど」

「彼らだって、やろうと思ってしたことじゃない。実験中にふざけていたのは不適切だったけれど、それについては、もうわかったはずだ。笑っていたとしたら、それは、恥ずかしかったからだよ」

「理屈はわかった。君の理屈は、いつも正しい」

「理屈というのは、僕のものじゃない。みんなのものだ。君がもし彼らに殴りかかっていたら、僕は責任を感じる。僕のせいで、クラスに亀裂ができる。そして、君はまた孤立してしまう」

「そんなことまで考えていたのか？」

「考えるさ」

「まったく、呆れるよ」

そのときは、とんだ博愛主義者だと僕は思った。

そうか、神父か。言われてみれば、ユーリには向いているかもしれない。それどころか、彼にはそれが天職なのでは、と感じたくらいだ。ずっと彼はそれを望んでいた。だからこそ、あんなふうに振る舞えたのだ。僕が感じた彼の優しさの理由が、今さらわかった気がした。

けれど、最近の彼は別だ。規律正しいユーリは、表面的にはそのままだけれど、彼の優しさは今は影を潜めているだろう。明らかに、彼らしくない苛立ちが窺えるのだ。そして、そこには、トーマのこと、サイフリートのこと、つまり、僕が知らない関係と出来事が絡《から》んでいるように思える。

2

到着した街は冬景色だった。ただ、天候は悪くない。今は東の空が明るかった。

早朝の街を歩き、交番で住所を言い、道を尋ねた。

「昨日の夜にも、一人学生さんが、同じ住所をききにきたよ」警官は教えてくれた。

「君たちの友達では？」

「はい、そうです。どうもありがとうございました」

幸い、駅から歩いて行ける距離だった。僕たちは白い息を吐きながら歩いた。

「昨夜は雪が降っていただろうね」ユーリは歩きながら話した。「大丈夫だったかな、彼」

「え、何が？」

「滑ったりしなかっただろうか」

彼のその言葉に、僕は思わず吹き出してしまった。

「何が可笑しい？」

「いや……、君はエーリクが嫌いだと言った。それなのに、そんな心配をするなんて……」

「好き嫌いとは、また別の問題だ。誰であれ、不幸にはなってほしくない」

目的地は、大通りに面した石造の立派な建物で、小さな銀行みたいな感じだった。法律事務所という表札が出ている。僕たちが、ドアの前で眺めていたとき、そのドアが開いて、男が出てきた。

「あれ、何だね？」

「おはようございます」ユーリが話した。「朝早くから申し訳ありません。僕たちは、学校の先生に言われて、友人を追ってきたのです」

「ああ、では、彼の……」

その人が、その事務所の主だった。昨夜、エーリクがここへやってきたことを彼は話した。僕たちは、事務所の中へ招かれ、そこで事情を聞いた。

エーリクの母親は、半月まえに自動車の交通事故で亡くなった。一緒に乗っていた男も大怪我をしたという。

「生前から、私は夫人の会計を任されていた」弁護士は僕たちに説明した。「彼女の遺産を受け取る権利があるのは、怪我をしたその男と、そして夫人の一人息子である彼の二人だけだ。だから、その話し合いをしようと思っている」

「彼は、今どこに?」ユーリが尋ねた。

「病院だよ。ここへ来たとき、凄い熱だった。私の妻が、病院へ連れていった。昨夜はそのまま入院。今は病院のベッドだ。戻っていない」

地図を書いてもらい、僕たちは、すぐに病院へ向かった。三十分ほどの距離だった。

受付で部屋をきき、階段を上がった。エーリクのベッドは、看護室の一角にあった。病室が足りないため、簡易ベッドがそこに設置されたらしい。エーリクはもう起きていて、元気な笑顔で僕たちを迎えた。

「凄いな、二人も来るなんて。びっくりした」

「もう、大丈夫そうだね」僕は言った。

「黙って学校を出ていくのはルール違反だ」ユーリが言った。

「最初の言葉がそれか?」僕はユーリを睨む。

「あ、うん、悪かった」ユーリは小さく頷いた。

「事故のことは聞いたよ」僕はエーリクの顔が一瞬曇るのを見た。「大変だったね。なんと言っていいのか……」

「もういいよ。もう受け入れた。昨日は、駄目だったんだ。全然信じられなかった。

だけど、今はもう大丈夫だと思うよ。病気なんかじゃない。ちょっと疲れていただけだよ、もの凄く寒かったしね。さあ、もう帰ろう。ここを出て……」

エーリクは捲《まく》し立《た》てるように話した。無理に元気を装っているようにさえ見えたから、余計に心配になったくらいだ。

看護婦が検温だと言うので、僕たちは退室した。出たところの通路で、弁護士の夫人に会った。彼女は一晩、病院に泊まったそうだ。エーリクはもう大丈夫そうなので、これから家に戻る、と彼女は話した。僕たちは、医者の許可が下りれば、エーリクを連れて帰るし、もしさらに入院が必要ならば、日を改めて、またここへ訪ねてくる、という約束をした。

その後、部屋の中に戻ったら、エーリクは三人の看護婦たちと楽しそうに話をしていた。

「なんだか、心配をして、損をした気分だね」僕はユーリに囁いた。

「人間って、強いものだな、と思うよ」ユーリは呟くように言った。

その後、僕とユーリは一旦街へ出て、食事ができるところを探した。天気は良いものの、裏通りの雪はまったく解けそうにない。通り道の雪掻きをしている人が目についた。大きな川に架かった橋の近くで、食堂を見つけて入った。橋を渡る路面電車を窓から眺めることができた。

病院へ戻ると、医師の診察が終わっていて、エーリクには退院の許可が下りた。

「はい、お土産ね」と看護婦からエーリクは紙袋を手渡された。

「え、何だろう」エーリクは袋の中を覗き込む。「なんだ、薬じゃん」

看護婦たちがみんな高い声で笑った。

僕たち三人は病院を出て、法律事務所まで歩くことにした。タクシーを呼んでも良かったのだが、朝よりはずいぶん気温が上がっていたし、エーリク自身が歩きたいと言ったからだ。

「昨日は景色なんて見ていなかったから、ゆっくり見物していきたい」というのが、彼の主張だった。

再び弁護士に面会する。彼はエーリクに、事故で怪我をした男と会うか、と尋ねた。

「会うわけがない」エーリクは首をふった。「僕には全然関係がありません。赤の他人なんですから」

「向こうは、君のことを息子だと言っている」弁護士が言う。

「それは違います。間違っている」

「しかし、君には保護者が必要だ。どうするね？　学校は続けたいのかね？」

「ええ、学校に戻ります。もう、そこしか僕の居場所はありません」

「わかった。伝えておくよ。彼の方も、まだ当分の間は病院を出られないだろう。大怪我だったんだ」

「代わりにそいつが死ねば良かったんだ」エーリクは言った。

弁護士は溜息をついた。そして僕とユーリを一瞥《いちべつ》する。エーリクは下を向いて黙ってしまった。

「気持ちはわかるが、そういうことを言うものではない。もう子供ではないだろう。君はこれから、一人で生きていかねばならないんだ。甘える相手はもういない。わかるね？　口のきき方にも注意をしなさい」

「すいませんでした」エーリクは小さく頭を下げた。「ごめんなさい……。先生には、母も大変お世話になりました。どうもありがとうございました」

いずれ日を改めて、弁護士はエーリクに会いに学校まで出向く、と約束した。僕たちは礼を言って、法律事務所を出た。

しばらく黙って歩く。

「お腹が減ったね」エーリクが言った。

「病院で食事が出なかった?」僕は尋ねる。

「出たけれど、もう信じられないくらい不味《まず》かったんだ。そうでなかったら、もう二、三日いようと思っていたんだけれど」

看護婦と話をしたのが楽しかったのか、と僕は冗談を言いそうになったけれど、これはやめておいた。やはり、そういう場合ではないだろう。

エーリクの母親がどこの墓に入るのか、という話を聞いた。エーリクは、そこへ行くつもりはないという。

「お墓なんかさ、行って、手を合わせても、しかたがないよね。あるのは、ただの石じゃないか」

そのとおりだ、と僕も思う。僕自身、母の墓を見たことがない。どこにあるのか。はたして、そんなものがあるのだろうか。

駅に到着して切符を買った。しかし、発車の時刻は四時間もあとだった。僕たちは、駅の待合室のベンチに並んで座った。ユーリはまた本を広げて読み始めた。僕とエーリクは話をしていたが、あまりに退屈なので、駅の売店で新聞を買い、それを二人で読んだ。

エーリクは、将来は飛行機のパイロットになるか、それとも飛行機を設計する技師になりたい、と語った。母親を自分が操縦する飛行機に乗せるのが夢だった、と話した。その親孝行は果たせなくなったけれど、彼の能力をもってすれば、夢の実現は充分に可能だろう。

「あ、そうだ。忘れていた」エーリクが突然話題を変えた。「僕、お正月に、トーマの家に行ったんだよ」

「え？」僕は驚いた。ユーリも本から視線を上げて、エーリクを見た。

「びっくりした？」エーリクは笑顔だ。

「どうして？」僕は尋ねる。

「招待されたんだ。車で迎えにきてくれたし」

トーマの実家は、学校に近い。

「立派なお屋敷だったよ。お母様も綺麗な人だった。ご馳走を食べて、それで、おしゃべりをして、うん、また送ってもらって、帰ってきただけだけれど」

「どうしてまた……」

「たぶん、僕が彼に似ているって聞いたからだと思う」

「それだけ？」

「思い出したかったんじゃないかな」エーリクは言った。「お母様に、また是非遊びにきてくれって言われたんだけれど、僕、断ったよ。だって、僕はトーマじゃないし、それに、そこにいたって、僕はなにも面白くない、トーマのお母様は、僕の……」エーリクはそこで急に下を向き、泣き声になった。「とは違うんだもの……。ああ……、でも、あのとき、冷たく断ったから、神様が、僕に罰を与えたんだね」

「違う」ユーリが言った。「だって、そのときには、もう君のお母様は事故で亡くなっていたはずだ」

「うん、それはそうだけれどね、神様なんだから、なんだってできるんだよ、過去のことも、未来のことも、自由自在に変えてしまえるんだ」

「神様は、そんな意地悪はしないよ」ユーリが言った。とても優しい声だった。「そんなふうに考えてはいけない」

「意地悪だよ。神様が本当に優しかったら、こんなことにはならなかったはずだ。僕は毎日祈っていたんだから。もう、絶対に祈らない。金輪際《こんりんざい》、祈ってなんかやるもんか」

そこで、しばらく沈黙が続いた。エーリクは誤魔化すように、辺りをきょろきょろと眺める。ユーリも諦めたのか、本に視線を戻した。

「トーマの家は、彼の死をどう言っていた？」僕は尋ねた。「やっぱり、不幸な事故だったと？」しかし、口にしてから後悔した。つまり、不幸な事故というタームが、エーリクには厳しい現実に思えたからだ。

「ううん、そんな話はしていない」エーリクは首をふった。彼は、視線を遠くへ向ける。表情は変わらなかった。

僕は、それ以上きけなかった。ユーリも黙っている。話はまた途切れた。

それ以外の時間は、学業の話題だった。どの教科が面白い、何に興味がある、といった真面目な話である。たぶん、こういった話題が一番安心できる、と三人とも感じていたのだろう。教官の話になると冗談も出たし、ユーリもエーリクも笑顔をときどき見せた。この二人が仲が悪いだなんて、まったく信じられない光景だった。今は、二人ともそのことに触れないよう気を遣っているのがわかった。僕がいるから、僕を通して質問を投げかけるように努力しているようだった。ユーリがエーリクに、エーリクがユーリに直接尋ねることは少なかったからだ。

汽車の時間が迫ったので、待合室からプラットホームへ移動しようと思ったとき、着物姿の女性と目が合った。さきほど病院で話をした人だとすぐに思い出す。弁護士夫人だ。

「ああ、良かった。きっと夕方の汽車だと思ったの。もう、大丈夫？」彼女はエーリクにきいた。それから、持っていた風呂敷を彼に手渡した。「これ、召し上がって下さいね」

それは、僕たちのために彼女が作った三人分の弁当だった。何度も頭を下げ、僕たちは彼女と別れた。ホームにはちょうど列車が入ってきたところで、暖かい車内にすぐ乗り込むことができた。窓際にエーリクが座り、僕がその前に向き合って座った。ユーリは僕の隣だ。荷物をエーリクの横に置いた。車内は半分も席が埋まっていない。発車までまだしばらく時間があった。

「お茶を買ってくるよ」ユーリが立ち上がり、通路を歩いていった。

「みんな、親切だね」エーリクは言う。

「みんなって、誰のこと？」僕はきいた。

エーリクは微笑んだが、答えなかった。窓から外を見ている。隣のホームが見え、大勢の様々な人たちが荷物を沢山足許に置いて立っていた。

「そうか、学校に戻ったら、彼と同じ部屋なんだ」エーリクは外を見たまま呟いた。

僕も、そのことを考えていた。

「大丈夫かな」エーリクは続ける。「殺されないかな」彼はそこで少し笑った。「でも、もう、どうでも良くなっちゃったなあ。殺されてもいいや、本当に……、もう、誰もいないんだ。僕一人なんだからね。僕が死んでも、誰も悲しまない」

「ユーリは君を殺したりしないよ」僕は言った。「それから、一人っていうのは、逆に考えたら、自由だってことだ。ユーリがそう言っていた、羨ましいって」

「羨ましい？」彼は首を傾げた。「そうかなあ……。束縛をするような身内は鬱陶しいけれど、信頼していて、自由にさせてくれる人だっていると思うな。そういう人は、ずっと一緒にいなくても良くて、でも、どこかにいてくれる。生きている、というだけで、嬉しい。そういうものじゃない？」

僕は頷いた。あまりに正しすぎる。まったくそのとおりだ、と思った。エーリクはときどき、驚くほど適切な表現をするのだ。

ユーリがお茶を持って戻ってきた。夫人からもらった弁当を広げて食べることにする。もう冷めていたけれど、しかし冷たくはなかった。食事の途中で、列車が動きだした。

3

ホームに降り立ったのは深夜のことで、そこから学校まで歩くつもりでいたのだが、教官の一人が自動車で迎えにきてくれていた。弁護士から電報を受け取ったワーグナ教授の指示だと聞く。エーリクの容態を心配してのことだったようだが、当のエーリクは外見上はまったく元気で、むしろはしゃいでいるようにさえ見えた。

「学校が僕の家なんだ」ゲートが見えてきたとき、エーリクはそう言った。

ワーグナ教授のところへは、翌朝報告にいくように、と言われた。ピロティから中庭に出たところで、僕は彼ら二人と別れた。エーリクが心配そうな顔で振り返ったけれど、僕は笑顔で片手を挙げて応えた。

部屋に戻り、すぐにベッドに入った。同室の誰が今いるのかさえ、気にしなかった。ただ、部屋は静かだった。小さな寝息が聞こえたから、誰かはいたようだ。ほとんどがもう学校に戻ってきているはず。

疲れていただろうし、現に眠かったのに、ベッドの冷たさで、目が冴えてしまった。温かいお茶でも飲めば良かったかな、と後悔した。

ユーリとエーリクの部屋の情景が僕の頭の中で展開した。どうしても、それを考えてしまうのだ。二人がどんな会話をしているのか、それとも、なにも話さず、もうベッドに入っただろうか。エーリクに不幸があったのだから、ユーリは気を遣っているはずだ。まさか、摑み合いの喧嘩になる、なんてことはない。そうかと思えば、エーリクが部屋を抜け出して、ここまで助けを求めにくる、といった展開も想像ができた。そのつど、僕は二人になんて言ってやろう、と考えるのだった。

どうして、これほどまで彼らのことが気になるのか、と自分でも不思議でならない。

ユーリの方は長年のつき合いだ。ずっと同室だった。親友といって良いだろう。たぶん、彼も僕以上に親しい友達はいないと思う。少なくともこの学校にはいないはずだ。僕は彼のことが好きだったし、ずっと彼を見続けてきた。

それから、エーリクに対しては、また別の感情のように思える。なんとかしてやりたい、といった気持ちになるのだ。たぶん、家族の条件が僕と類似していたから、勝手に兄貴のような気分になったのかもしれない。エーリクの方が僕をどう思っているかわからないし、考えてみたら、彼はユーリよりは精神的に安定しているかもしれない、と最近は思えてきた。そう、手を差し伸べなければならないのは、確実にユーリの方なのだ。

　けれど、やはり長年のつき合いがあるためか、上手くいかない。僕が手を出しても、ユーリは拒絶するだろう。容易にそれが想像できる兆候は、いくらでもあった。意地っ張りだ、と僕は彼のことを評価しているけれど、もしかしたら、僕も意地になっているのではないか。

　こんなことを考えているうちに、もしかして、トーマはユーリを救おうとしていたのではないか、という発想を持った。ユーリはそれをもちろん拒絶しただろう。しかし、トーマは自分の命を懸けたのだ。まるで、人々の罪を背負って死んだキリストではないか。

　ユーリはどうして聖職者になろうなんて考えたのか。トーマは天使のような子だ、と誰かが言っていたっけ。僕はユーリの顔で、教会の絵を思い出す。十字架を背負っているのは、誰だろう。天使の翼が広がる。そんなイメージが、頭の中でぐるぐると回った。つぎつぎと思いつくシーン。誰かの言葉、誰かの表情。息苦しくなるほど、目まぐるしく、入れ替わった。

　翌朝、僕はワーグナ教授の部屋へ行った。僕は寝坊したようで、ユーリとエーリクは既に報告にきて、帰っていったあとだったらしい。

「思ったよりも元気そうだった」教授は言った。「君も行ってくれたそうだね。お疲れさま。ありがとう」

「親が死ぬというのは、そんなに大したことではないのですね。子供というのは、いつかは親が死ぬものだと、小さいときから知っているのです」

「そうかもしれないね。たとえば、自分の子供が亡くなった場合に比べれば、たしかにショックは小さいだろう」

「ショックはあっても、忘れられるのかも……」

「そうかな」

「親がいないと、悲しくて子供は泣きますが、でも、すぐに忘れて遊び始めるものです。そして、どうしても甘えたい場合は、親の代役をほかに探します。動物は皆、そのようです」

「なるほど」教授は頷いた。「ところで、一緒に行ってくれと、ユーリが君を誘ったのかね？」

「はい、そうです」

「少し遠方だったから、私も心配していた。最初から、二人で行くように言えば良かったね。その後、ユーリはエーリクとうまくいっているのかな？」

「同室になりましたからね。これで、あの二人がうまくやってくれたら、と思います」

「二人とも才能ある人間だ。不合理なことはしないだろう」

「ええ」僕は頷いた。

ユーリが学校をやめることについて、教授にきこうと思ったけれど、まだ決まったことではないかもしれないし、プライベートな問題でもあるので、それは自粛した。

講義が始まる時間だったので、僕は教授の部屋を辞去し、教室へ向かった。ユーリもエーリクも既に教室にいた。ユーリは一番前の席に、エーリクは一番後ろの席だった。僕が座ったのは、エーリクの隣だ。

「体調は？」僕はきいた。「眠れた？」

「ぐっすり」エーリクは答える。

体調というよりは、母親が死んだことのショックの方が心配だった。気丈に振る舞っているけれど、無理をしているのではないか、と考えていたからだ。しかし、どうやら大丈夫そうだ。感情を表に出す人間だから、かえって内に溜めない、ストレスになりにくい、ということかもしれない。

「あの部屋は良いね。静かだから」エーリクが囁いた。

「そうかな」

「窓が、がたがたいわない」

気づかなかったが、昨夜寝られなかったのは、そのせいだったかな、と思い返してみた。窓が鳴っていた記憶などなかった。

「ユーリも静かだ」エーリクはそう言って微笑んだ。

そういえば、今は同室に鼾《いびき》をかく奴がいる。それは気づいていた。

とりあえず昨夜は、二人の間にトラブルはなかったようだ。僕はほっとしたけれど、多少拍子抜けだったかもしれない。何だろう、もしかしてトラブルを期待していたのだろうか？　講義がつまらないこともあって、また、その理由を僕は考え始めた。

そうか、エーリクが波を立てることで、ユーリの治療になる、と僕は考えていたかもしれない。荒療治ではあるけれど、そういった緊迫感というのか、ある種の極限状態のようなものに近づかないと、ユーリの心は覗けないのではないか、それを僕自身がするよりは、エーリクという第三者にしてもらった方が都合が良い。こんなふうに無意識のうちに考えていたかもしれない。

少しぞっとした。まるで精神科医のようではないか。あるいは、手術をする外科医にも近い。冷静な手つきで、僕はメスを手にしているのか。残酷なことだ、と感じた。こんなふうに考えられることが悔しかった。けして、そうではないのだ。もっと、温かい方法で、彼の心を癒《いや》してやりたい。それが本心なのだ。いったい、どうすれば良いだろう。この気持ちは、誰に伝えることができるだろうか。神様に訴えるしかないのか。

エーリクにも申し訳ない、と感じた。そう、僕は、彼を生《い》け贄《にえ》にしようとしていたのではないか。このままではいけない。犠牲なんてまっぴらだ。それは間違っている。

既に一人死んでいるのだ。

トーマは生け贄だったのか？

僕は小さく左右に首を動かしていた。

自分の思考を否定したかったからだ。

ふと隣を見ると、エーリクもこちらを向いた。目が合う。彼はつまらなさそうな表情で、僕がしたように首を左右に小さくふった。何の意味だろう。何を否定しているのだろうか。あるいは、単に講義が面白くない、という意味かもしれない。彼はすぐに前を向いたので、横顔になった。

僕も視線を机の上に戻す。それから、黒板を見た。その手前にユーリがいる。斜め後ろからだから、顔は見えなかった。姿勢良く座っている。いつものとおり。彼は講義に集中しているのだろうか。学校をやめようとしているのに、どうして真面目に講義が受けられるのだろう？

まったく、こんな雑念ばかりだから、成績が伸びないのだな、と自覚した。僕は、短い溜息をつき、教科書の文字に焦点を合わせた。

しかし、隣で微かな音がした。

エーリクの机の上を鉛筆が転がっていた。彼の手から落ちたものだった。エーリクは動かない。寝ているのだな、と僕は思った。無理もない、昨日の今日だ。疲れているはず。

しかし、次の瞬間、エーリクの上半身が、こちら側に倒れてきた。

僕は慌てて腕を伸ばし、それを受け止める。脚を出そうとして、机を蹴ってしまったので、大きな音を立てる結果になった。エーリクの顔は血の気がない。いつかのガラスが割れたときと同じだった。

「おい、何をしている？」教壇から声が飛んできた。

「すいません、先生」僕はエーリクを抱き留めたまま、立ち上がろうとした。「彼の様子が変なんです。突然、倒れてきました」

教官がこちらへやってきた。教室は一気にざわついた。

「おい、大丈夫か？」僕はエーリクの躰を揺すった。しかし、彼は目を開けない。寝ているわけではない。「まえにも、一度、こうなったことがあります。貧血だと思いますが」

「医務室へ連れていきなさい」教官が僕に命じた。

4

二人が助けてくれて、三人でエーリクを運んだ。ユーリは来なかった。途中で、エーリクは意識を取り戻した。

「大丈夫だよ」声が弱々しい。朦朧としているように、視線が宙を彷徨《さまよ》っていた。

医務室のマリア先生が、エーリクの診察をした。僕以外の二人は教室へ戻っていった。心配だったので、僕は残ることにした。エーリクは、先生の質問に答えた。意識はもうしっかりしている。

「とりあえず、これを飲みなさい。眠くなるから、少しここで休んでいく」先生はエーリクに命じた。

　薬を飲んで、エーリクは大人しく目を閉じた。今は、顔色も悪くない。先生が僕の方へ来て、身振りで部屋から一緒に出るように促した。僕たちは通路に出る。先生は白衣のポケットに両手を突っ込んだままだ。彼女はいつもそんな格好なのだ。女のくせに可笑しい、とみんなが噂しているけれど、僕はそんなことは人の勝手だと理解していた。

「なにかの病気じゃないですか？」僕は尋ねた。

「わからない。でも、たぶん、精神的なものじゃないかな。躰が休みたがっているんだよ。無理をしている」

「そうか、そうかもしれません」

　彼女は知らないようなので、僕は、エーリクの身の上のことを説明した。

「それじゃあ、当然だ。今まで、気が張っていたんだろう。日常に戻って、緊張の糸が切れた。そんなところだ」

「何の薬を？」

「単なる睡眠薬。しばらく眠っていると思う。起きたら、部屋に戻るように言うよ」

「ありがとうございます」

「ところで、君は、彼の何なの？」

「え？　いえ、教室でたまたま隣だっただけです」

「そう……」

医務室から教室へ戻る途中、階段の踊り場でユーリと出会った。

「あれ？」僕は尋ねる。「講義は？」

「後半は自習になった。課題が出たよ」ユーリは言った。

「それじゃあ、戻って、やらなきゃ」

「いや、来週までに、という課題だ。みんなもう食堂へ行ってしまった。エーリクは？」

「それが心配で、こちらへ？」

「うん、まあ……、そうだけれど」ユーリは無表情のまま視線を逸らせた。

「先生は、精神的なものだとおっしゃっていた」

「精神的なもの？　貧血が？」

「よくわからない。昨日の疲れなんじゃないかな。そもそも、向こうでも熱を出して入院していたんだから」

「熱を出していた？」下から声が聞こえた。

マリア先生が階段を上がってきたのだ。

「入院していた？」彼女は僕たちの前に立った。

もう一度、エーリクのことを僕は詳しく話した。

「でも、こちらへ戻ってくる間は、元気でした」僕は話す。「むしろ、楽しそうだった」それから、ユーリにきいた。「部屋に戻ってからは、どうだった？」

ユーリは黙っていた。考えている様子だ。

「まあ、たぶん、発作的なものなんだろうな」先生は言う。

「今日は休ませた方が良かったかもしれない。同室の僕にも責任があります」ユーリが話した。「昨日の夜、彼はずっと魘《うな》されていたんです。あまりに苦しそうだったから、心配になって、彼の近くまで見にいきました。声をかけた方が良いか、と思って……。そうしたら、突然目を開けて、叫んだんです」

ユーリはそこまで語って、黙ってしまった。

「何て？」マリア先生は静かな口調で尋ねた。

彼は、しばらく黙っていた。そして、僕を一瞥したあと、答えた。

「殺さないでって」

「殺さないで？」先生が眉を顰める。「悪い夢でも見たのかな？」

「いえ、そうではありません」ユーリは一瞬、苦しそうな顔を覗かせたが、すぐに表情を消してしまった。「起きていて、僕を見たから、そう言ったんです。そのあとも、幾度か言いました。僕は、大丈夫だから、と宥《なだ》めようとしたんですが、近づくと、彼が興奮するので、自分のベッドに戻りました。彼は、ずっとこちらを見据えていたと思います。僕は、どうすれば良いのかわからなかった。真夜中だったから、先生を呼びにいくのも躊躇《ためら》われました。僕は眠ってしまったけれど、彼は眠れなかったのかもしれません。朝起きたとき、彼はもう起きて着替えていました。朝はなにも話しませんでした」

「よく事情が呑み込めないな」先生は首を傾げたが、しかし、そこで早い溜息をついた。「えっと、ちょっと今から、大事な用事があるから、もう一度また詳しく話を聞きます。とにかく、友達なんだから、ちゃんと面倒を見てあげること」

マリア先生はユーリの肩を叩き、階段を上がっていった。

僕は、ユーリと一緒に医務室へ戻った。エーリクは眠っていた。僕たちは、ドアの音を立てないように、そっと部屋から出た。建物からも出て、僕は日向《ひなた》を探し、コンクリートのステップに腰掛けた。まだ昼休みの時間には少しあったけれど、どこからともなく喚声が聞こえてくる。グラウンドで野球でもしているのだろうか。日差しが暖かく、寒くはなかった。

　ユーリはしばらく、じっと黙って立っていた。なにか考えている様子だった。僕は待った。すぐ手の届くところに、赤い小さな実を沢山つけた樹の枝が伸びてきていたから、それを触っていた。それから、ときどき空を見上げた。そちらは真っ青だ。その赤と青は、本当に絵の具のようだ、と思った。

「同じ部屋なんて、やっぱり無理かもしれない」ユーリが言った。「先生にお願いした方が良いだろうか？」

「僕にはわからない。君たちで決めることだ」僕は答えた。素っ気ない口調になっていた。なんとなく、腹立たしかったからだろう。「でも、まだたった一日じゃないか」

「これから、どんどん酷くなっていくような気がする」ユーリは言った。「できることは、彼が僕から離れて、僕に関わらないこと。その方が良い。是非、君からそう伝えてくれないか」

「離れるって？　同室で？」

「物理的な距離ではなく……」

「同じ部屋で、ずっと口をきかずに過ごすわけかい？」

「そう」

「それがストレスになって、また、彼は倒れるかもね」

「あれは、母親のことだと思う」

「そうだろうか」

「少しの間の辛抱だよ」ユーリは空を見上げて眩しそうに目を細めた。この学校を去ろうとしているから、そういう言葉になったのだろう。

「できれば、辛抱しないで生きたいものだ、と僕は思うけど」

「生きていくためには、排除しなければならないものがある。それがどんなに価値のあるもの、美しいもの、掛け替えのないものであっても、取り除かなければならない。でなければ、自分が破滅してしまう。そうだろう？　自殺することは許されない。だったら、障害を取り除いて進む以外にないじゃないか」

「だから、その障害を取り除けって言っているんだよ。辛抱なんかしないで」

「違う。求めないで、排除するんだ。求めることを諦める。それが辛抱するという意味だよ」

「理屈を捏《こ》ねているだけだ」僕は言葉を吐き捨てた。

ユーリは僕を見据えた。強い視線だった。手は握られている。彼の中で、どうにか抑制されたものがある。膨張しようとする圧力を、力によって押さえつけている。それは、均衡と呼べるものだろうか。こんな不安定な状態で、人は生きていくものだろうか。どうして、そんなふうになってしまうのだろう。安らかな感情、落ち着いた気持ち、長閑で平和な時間、美しいものに触れ、素敵なものに近づく、新しいものを知り、自分の中に取り込む充実感、そういった理想の生活は何故訪れない？　きっとそれを願っているはずだ、願わない者はいない、なのに、どうして神様は、それを人間に与えないのか？

こんなに、願っているのに……。

彼の目は、そんなふうに訴えていた。僕にはそれがわかった。悲しいとか、虚《むな》しいといった目ではなかったのだ。

僕は彼の視線を長く受け止めることができず、足許を見た。コンクリートの上に自分の靴がのっていた。その靴紐《くつひも》のパターンを確かめた。いつも母が結んでくれた。母が死んだあとは、出かけるときに父が結んでくれた。

そして……、

この学校へ連れてこられたのだ。父は、それっきりいなくなったから、結んでくれたのは、あの一回きりだった。

僕は父の大きな手を見ていた。

この手が、母を撃ったのだと思って、見ていた。

でも……、

何故か……、

どうしてだろう……、

それはとても優しい手に見えた。

絵筆を持つ手にしか見えなかった。

そのあと、僕は初めて、自分で靴紐を結ばなければならなくなった。なかなか上手く結べなかった。悔しくて、涙が出るのだ。泣きながら、何度もやり直したことがあったっけ。

思い出した。

僕は、そのとき、死のうと思った。そう、たしかにそう思ったはずだった。

どうして、

あのとき死ななかったのだろう。死ぬ方法がわからなかったからだろうか。否、そんなことはない。高いところから飛び降りれば良かった。靴紐が結べなくても、首を吊ることとくらいは、きっとできただろう。

いつの間にか、靴紐を結ぶことは、なんでもないことになり、そして、生きていくこともまた、なんでもないことになった。

「自殺することは、許されないのかな」僕はその疑問を口にしてしまった。

自分の声を音で聞いて、僕は後悔した。言ってはいけないことだったのではないか、と感じたからだ。だから、慌ててユーリを見た。彼は、まだ僕を見ていた。再び、その綺麗な視線を受け止める。

彼は、黙って、そしてゆっくりと首をふった。

「死を選ぶことは許されない」その口から、言葉が零れる。「オスカー、それは、できないよ。してはいけないことだ」

「うん、僕も、今はその考えに賛成だ。でも、理由はわからない」

「僕たちの命は、僕たちだけのものではない。これは、預かっているものだから、勝手に捨てるわけにいかない」

「トーマに、それを言ってやりたかったかい？」僕はきいた。

ユーリはびくっと震えた。一度目を閉じて、開けたときには、視線を遠くへ向けていた。

「そうだね……」彼はこちらを見ないで小さく頷いた。「あんなことをする必要はなかったんだ」彼はまた首を左右にふった。「でも、彼は……」

言葉がそこで途切れた。彼は、階段の縁石に腰を下ろした。地面を見つめている。僕の靴紐みたいに、彼にも、思い出すものがあるのだろう。

僕は、トーマのことを思い浮かべていた。今まで、彼が死んだということしか考えなかった。彼があの駅の陸橋から飛び降りるシーンばかりが再生されていた。けれど、そのまえの彼は、ずっと生きていたのだ。僕も数回だけれど、トーマと話をしたことがあった。彼は、ユーリのことが好きだった。証明することはできないが、それは確からしかった。どういった感情なのか、今となってはわからない。でもけっして、特別なものでも、異常なものでもなかったはずだ。僕がユーリを見るのと、どれだけの違いがあっただろう。愛情とか友情とか、そういった単語に換言してしまえば、どれも嘘っぽく響く。トーマは、悩んでいただろうか。だから、その苦しみから逃れるために、死んだのだろうか。それは、きっと違う。もっと、もっと強い意志が感じられた。そう、あれはメッセージだ。自分の命を最大限に利用した補強。なにかを補強しようとした。自分の気持ちを？　たぶん、少なからず戦略的なものだったはず。もちろん、それは稚拙《ちせつ》で、独り善がりで、いかにも子供らしい発想だとは思うけれど、しかし、彼にとっては、それこそが真実であり、正義であったはず。正義以外に、自分の命を消し去れるようなものが、はたしてあるだろうか。

「トーマは、僕のために死んだんだ」ユーリが囁いた。

僕は、彼を見た。横顔だった。

彼の言葉を僕は考えた。そして遅れて、どきっとするほど、衝撃を受けた。信じられなかった、それが彼の口から出たことを。感情を抑制した発声だったけれど、彼はそれを言葉にした。僕に聞かせるためにだ。僕は震えるほどだった。ユーリは、彼を……。

「だけど、僕は、死ぬわけにいかない。もしそれが許されるのなら、とうに死んでいたよ。生きていることで、償《つぐな》うしかなかったんだ」

「何のことだ？」僕はきいた。「何があった？」

その疑問は、ずっと僕が彼に対して持っていたもの。教えてほしい、彼が変わってしまった原因を。

ユーリの横顔は、また下を向き、目は閉じられた。口も結ばれた。

「僕には、話せないことか？」僕は追いかける。

「誰にも話せない」彼は呟くように言った。彼は顔を上げ、目を開けて、こちらを向いた。「でも、いつか……」

そこで言葉が途切れた。

僕は待った。いつか、語られることがある、という意味だろうか。それだったら、少なくとも前向きで、想像よりは良い状況だと評価できる。

僕は、彼が死ねないと言ってくれただけで、素直に嬉しかったのだ。それを言葉にして、彼に伝えようと考えたけれど、適当な言い回しを思いつけなかった。どれも、滑稽に思えてしまうのだ。どうして、言葉というやつは、こんなに不自由なのだろう。

5

エーリクは、夕方には自室に戻った。僕は夕食のあと、ユーリたちの部屋を訪ねた。ユーリもエーリクも、それぞれのデスクで勉強をしていた。僕の顔を見て、エーリクが明るい顔になった。

「どう？　気分は」僕はきいた。

「なんてことないよ」彼は笑顔で白い歯を見せる。「すっきりした。あの薬は良いね。具合が悪くなったら、薬を飲んで、ぐっすり眠る。そうしたら、気分も爽快ってわけだ」

「そんな調子にはいかないよ。薬はできるだけ飲まない方が良い。だんだん効かなくなって、量が増すと、危険なことになるんだ。大量に飲んだら、眠ったままになることだってある」

「冗談だよ」エーリクは目を丸くする。「そんなに飲むわけないじゃん。あ、それよりね、今度の試験、絶対に数学も物理も満点を取るよ。絶好調だから、まちがいないよ」

「試験？　まだ一カ月もさきじゃないか」

「もう、勉強に集中することにしたんだ」エーリクは笑う。「この部屋にいるとさ、自然にそういう気分になるよ。これはきっと、神様が僕に与えた試練なんだ。だから僕は、これを乗り越えて、この国を代表する科学者になる」

「そうか、でもまあ、あまり急に張り切らない方が、体調のために良いかもしれないよ」

「大丈夫だってば」

　ユーリは黙って話を聞いていた。穏やかな横顔だった。僕はそれを確かめてから、部屋を出た。多少安心できたかもしれない。結局、自分が安心したいから、彼らを見にきたのかな、と思った。

建物を出ると、冷たい夜の空気が中庭に沈殿していた。空には白い月が浮かんでいたけれど、それさえも凍っているみたいに見えた。中庭から、ピロティを抜けていくとき、微かに光が動いて、暗闇に誰かがいるのがわかった。僕は立ち止まり、数秒間の静寂のあと、そちらへ近づいた。

「誰だ？」

数秒後、一人の影が庭木の後ろから現れた。僕はさらにそちらへ歩み寄る。小柄な奴だった。

「何をしている？」小声できいた。

「すいません」震えるような声だ。「ごめんなさい」

暗くて顔がよく見えない。下級生だろう。

「何故、謝る？」

「あの、話したいことがあったから、ここで待っていたんです」

「僕に？　誰だ、君は」

彼は名乗らなかった。でも、顔を見たら、きっと見覚えくらいあるだろう。トーマのクラスメートだったとだけ彼は言った。やはり、下級生だ。

「ここで待っていたって？」

「そうです」

「おかしいじゃないか。いつからつけている？」

「部屋を出たときからです。どこかで話そうと思って、ついてきたんです。そうしたら、ユーリのところへ行ったでしょう？　だから、ここで、待って……」

「気持ちが悪いな。何だ？　話したいことって」

「僕は、あの、トーマと賭けをしたんです。半年くらいまえに。その、ユーリを振り向かせられるのは、どちらかって……、だから……」

僕は、首を捻ったただろう。彼の言っていることが即座に理解できなかったからだ。暗闇の中、しばらく沈黙があった。彼の息遣いだけが聞こえた。引きつったような呼吸だった。僕が黙っているから、怖がったのかもしれない。

「だから？」僕は促した。

「だから、その、それで……、トーマはユーリに、手紙を出したんです」

「つまり、君との賭けに勝つためにやった、というのか？」

「そう、そうです」

「どうして、今頃そんなことを言いにきた？」

「だって……、トーマは死んじゃったし、誰にも、このことがしゃべれなくて、ずっとずっと、気持ち悪かったから。あの、どうしたらいいのか、わからなかったから……」

「賭けをしたと言ったね。何を賭けたんだ？」

「それは……」

「振り向かせられるのはどちらか、と言っただろう？　それは、トーマと君のことか？」

「そうです」

「君は何をした？　君もユーリに手紙を出したのか？」

「いいえ」彼は首をふったようだ。

「じゃあ、何をした？」

「なにもしていません」

「わからない。どういうことなんだ？　それじゃあ、賭けに負けてしまうだろう？」

「負けても良かったんです」

「負けても良い？」僕は息を吐いた。「わかるように説明してくれないか」

「僕は、あの、トーマがユーリと、その、親しくなれば良いと思ったから……」彼はますます声を震わせた。暗くて顔が見えないが、どうやら泣いているようだった。

「でも、あんなことになっちゃって……。ユーリが、トーマのことを無視したからだし、それに、ユーリの秘密を僕たちが知っていたから、それがいけなかったんです」

「ユーリの秘密って何だ？」

「それは、言えません」首をふった。

「どうして言えない？」

「ユーリが、可哀相だから」

「可哀相？　ちょっと待て……。えっと、秘密を知っていることがいけなかった、というのはどういう意味だ？」

「トーマが、ユーリにそれを話したんだと思う。知っているってことを。それが、彼の切り札だったから」

「切り札？」

「でも、駄目だった。拒否されて……、だから、あんなことになっちゃった。トーマは死んじゃった……、本当に、死んじゃった……。だから……、僕も、僕にも、責任があるんです。ごめんなさい。許して下さい。貴方《あなた》には、オスカーには、聞いてもらいたかった。冗談や悪戯で、やったんじゃありません。トーマは本当に、ユーリのことが……、好きだったから……」

「ユーリの秘密を教えてくれ」僕は言った。

「言えません。ごめんなさい……。許してもらえますか？」

「許すもなにも……」僕は後ろに下がり、彼から離れた。

すすり泣きが、暗闇の中で途切れ途切れに続いていた。なんという惨めな音だろう。

月明かりが当たる場所へ出て、彼の顔を見たかったが、逆に、そんなものは見たくない、という気持ちもたしかにあった。

「わかった。話したいことは、それだけか？」僕はきいた。

「お願いがあります」

「何だ？」

「手を握って下さい」

「何故？」

ぼんやりと、彼が手を差し出すのが見えた。しかたなく、僕は彼に近づき、その手を握った。すると、彼は僕に躰を寄せてきた。

「お願いです」惨めな声が言う。

彼が顔を近づけてくるのがわかった。

僕は彼の躰を振り解《ふほど》き、突き放した。闇の中へ吸い込まれるように、彼は倒れ込んでいく。庭木の細かい枝が折れる音がして、真っ黒な無色の中に、か細い苦しそうな息遣いだけが、まだ続いていた。しばらく待ったが、そのままだった。

「明るいところへ出ろ」僕は言った。「顔が見たい」

「ごめんなさい……。もう、しません。どうか、許して下さい」

悲しい声だった。そのまま、この闇に溶けてしまいそうなくらい。

ピロティの方でドアが開く音がする。

「誰かいるのか？」声が聞こえた。クラス委員の黒メガネの声だ。

「ああ、僕だ」僕は答えて、そちらへ歩く。

「オスカー」黒メガネが言った。月の光が僕の顔を照らしたのだ。「何をしている？物音がしたから……」

「なんでもない。転びそうになっただけだ。エーリクの様子を見に、ユーリの部屋へ行ってきた」

「彼、もう大丈夫だった？」

「ああ、いたって元気だったよ。今度の試験で、満点を取ると宣言していた」

「まさか……」黒メガネは笑った。「ああ、でもたしかに、あいつ、できるからな」

僕は振り返った。闇は静まり返っていた。光の届かないところで、泣いている奴がそこにまだいる。そいつの生温かい手の感触が、まだ残っていた。気持ちが悪いとか、腹立たしいとか、そんな感情ではなく、ただ、苛立っている自覚、あるいは、驚いている自分もいる。

少し冷静に考え直してみよう、と僕は振り返った。彼は、もしかしたら正直者で、素直な人間なのかもしれないじゃないか。そう、何がいけない？　どうしてそんな善良な人間を突き放した？　そんな後悔が少しずつ僕を支配しそうだった。けれど、そうなるまえに、僕は黒メガネと一緒に建物の中に入った。ドアが大きな音を立てて閉まり、そのときには、やはり、あの恥じらいの闇とともに、後悔も消えた。秘密を聞けなかったことが、残念だと思っただけだ。あいつを見つけて、もう一度問《と》い質《ただ》してみよう。一番近づいたときに、顔が少し見えたから、そう、あいつだ、と思い出していた。

いつだったか、夕方のコートで、ユーリとテニスをしたことがあった。一年くらいまえだっただろうか。それくらいだったはず。ユーリはまだ明るかった。ときどき僕たちは二人でテニスを楽しんだのだ。でも、あのときが最後だった。

コートを囲う金網の外から、僕たちを見ている奴らがいた。下級生だ。一人は、トーマだった。

ネットまでボールを取りにいったとき、ユーリも近くにいた。

「君を見ているよ」僕は言った。そちらを目で示す。「ほら、あそこ」

ユーリは視線を向けなかった。

「知っている」彼はタオルで顔を拭きながら、僕に近づく。「もうやめよう。今夜は、力学の課題をしなければ」

「あの、髪の長い方、いつもいる。えっと、何ていった？」

「トーマ」

「ああ、彼がトーマか。ときどき噂を聞くな。文化祭のときに、お姫様をやったって子だろう？」

「知らない」

「ずいぶん人気だったらしい」

ユーリは膝を折り、靴の紐を直していた。

「もう一人は？」僕はきいた。

ユーリは立ち上がり、ようやくそちらを見た。しかし、すぐに視線を戻す。

「さあ」彼は首をふった。「最近、少し遠くが見えない気がするよ。視力が落ちたのかな」

「テニスも、目のせいか?」

「いや、それは違う。今日は調子が悪かったね」

「大人になったら、メガネをかけているかもしれない」

「嫌だな、メガネは」

僕はどちらかというと遠視だった。だから、コートの外にいる彼らの顔がよく見えたのだ。僕が最後にそちらを見たとき、トーマではない方と目が合った。彼は、ユーリではなく僕を見ていた。でも、そのときは、気にも留めなかった。

その後も、その顔をちらほらと見かけた。食堂でも、ときどき離れたところから、こちらを見ている視線に出合う。

暗闇にいたのは、あいつだ、と僕は確信した。名前くらいきいておけば良かったのだが、知りたくもない情報だと感じたし、それを尋ねるほど、彼に歩み寄りたくなかった。

黒メガネとは、部屋の前で別れた。彼は隣の部屋だ。僕は自室に戻り、上着を脱いだ。

同室の連中が、僕の説明を待つように、こちらを向いていた。

「大丈夫だったよ」とだけ報告する。

「オスカーが出ていったあと、下級生が一人訪ねてきたよ」

「え？　誰かな」僕はきいた。あいつだとはわかったけれど。

「ユーリの部屋へ行ったと話したら、行っちゃった。会わなかった？」

「いや」僕は嘘をついた。「名前は？」

「えっと……」

「アンテだよ」二段ベッドの上で本を読んでいた奴が言う。

その名前は知らなかった。

「エーリク、病気なんじゃない？」

「わからない」

そんな素っ気ない返事をして、僕はデスクの椅子に座った。少しは勉強をしようと思った。

「そのあと、院長が来たし」

「え？」僕はきき返す。院長というのは、黒メガネの別名だ。

「だから、アンテがノックしたのが、聞こえたんじゃないかな」

「ああ、それじゃあ、彼、下級生が来たことを知っていたってこと？」僕は確認した。

「うん、たぶんね」隣のデスクで頷く顔。

きっとそうだ。あんな場所にあいつがいたのが変だと思ったのだ。まったく、みんな好奇心旺盛というか、無駄なことにご執心で、呆れるばかりだ。

「彼なら、そこまで一緒だった」僕は話した。「心配で見にきてくれたみたいだ。親切な奴だね、まったく」最後は、皮肉っぽく言ってやる。

「院長はさ、結局、ユーリ信者なんだよね」少し離れたところにいた別の奴が言った。

ユーリ信者か……。久しぶりに聞いた言葉だ。ユーリがクラス委員だったときには、みんなが彼を崇拝しているような、そんな雰囲気があった。成績は良いし、面倒見が良い。穏やかで、優しくて、人望があったのだ。彼の周りは、いつも何人か取り巻いていた。黒メガネは、どちらかというと、ユーリにときどき突っかかる方だったけれど、しかし、それもユーリへの憧れの裏返しだったにちがいない。彼の後を継いでクラス委員になれたことをとても喜んでいた。自分もユーリのようになりたかったのだ。

しかし、僕はどうだろう？

僕は、ユーリをどんなふうに見ていただろうか。憧れや崇拝の対象ではなかったけれど、関心を持っていたことは事実だ。彼の仕草、彼の話し方、彼の才能、どこをとっても彼は洗練されていたから、どうしても目を向けてしまう。見ているだけで、なにか得られるものがある、と錯覚できるのだ。綺麗なもの、美しいものから目が離せないのと同様に。

ほかの連中に比べると、偶然にも僕はユーリの近くにいた。その優越感が多少はあったかもしれない。

みんなは、ユーリが変わってしまったことに気づいているだろうか。ユーリは明らかに取り繕っている。クラス委員は退いたけれど、みんなの前では、変わらない彼を演じている。ユーリは、自分の変化を隠そうとしているのだ。同室にいる僕だけが、彼の変貌を目の当たりにしたのか……。たぶん、そうだろう。彼には親しい友達がいない。みんなが、彼を崇《あが》め、同時に、彼を敬遠しているからだ。

そんな中で、彼に近づこうとしたのは、トーマだけだったかもしれない。

トーマは、ユーリの秘密を知っていた。だから、近づいたのか。秘密と交換に、なにかを求めたのか。違う。そんな下品なことをする人間ではなかったはず。

きっと、手を差し伸べたのだろう。それは、もしかしたら、本当にユーリを救うことができる手だったかもしれないじゃないか。

その発想に、僕は躰が震えるほど驚いた。背中や肩がぞくっとするほどだった。デスクの上に開いた本を見たままの姿勢で、緊張した。文字にはまったく焦点が合わなかった。

頭の中で、自分自身の叫び声が響いていた。興奮した声だった。僕は表向きの平静さを装って、そっと立ち上がり、自分のトランクへ行く。そちらの方が部屋の隅で、誰からも顔を見られない、と考えたからだ。

どうして死んだんだ、彼は、トーマは……。

何をしたかった？

自分の命を、何と交換しようとした？

そのメッセージは、ユーリには届いたのか？

そうは思えない。

彼の命のメッセージは、まだユーリには届いていない？

みんなが、もう忘れようとしているのに、僕は今頃になって、こんなことを考えている。

おそらく、ユーリはとうに考えたはずだ。

何度も何度も、

夜ベッドに入るごとに、

考えたはず。

それなのに……、

何故、受け止めなかったのか？

気持ちが落ち着くまでに数分かかった。表向きは、なにかを探しているように手が動いていた。ユーリの言葉、ユーリの仕草、そんなシーンが幾度も繰り返し脳裏に再生され、そして、ときどきエーリクの映像が重なった。そんな数々の連想が、僕の頭の中を過《よぎ》った。

何だろう？　このもやもやとした不足感は。

わからない。

いったい自分がどうしたいのかも、わからなかった。

ただ……、確かなのは、その中心にユーリがいる、ということだけだ。

第5章

でも彼は
知っていた

ぼくが
背をむけても
打ち消しても

やはりそれが
なければ
人は生きて
いけないと
ぼくもそれを
求めていると

1

　ユーリとエーリクの関係は、小康状態と表現できるものだっただろう。けっして仲が良いわけではない。二人がおしゃべりをするような場面は見ることがなかった。ユーリはエーリクのことを無視し、エーリクもユーリに関わらなかった。でも、二人とも、僕と話をするとき、もう一方のことをけっして自分からは話さなかった。僕が尋ねると、堰《せき》を切ったように言葉が溢れ出る。関心がないわけではない。その逆だった。明らかに不自然な関係といえる。

　それでも、大きなトラブルはなかったし、二人は同じ部屋で眠って、勉強をして、毎日が過ぎていった。細かい争いはあったかもしれないが、僕には知るすべもない。

　あれからもいろいろ考えたけれど、結局は、僕なんかの力でどうこうなる問題ではなくて、これはつまり、神様なのか、それとも時間なのか、そういう自然の治癒《ちゆ》に任せる以外にないのではないか、と僕は思い始めていた。ようするにそれは、僕の保身、つまり、逃げたいという気持ちの表れだったかもしれないし、あるいは、僕が首を突っ込むことが、かえって彼らにとっても悪い方向へ流れるきっかけになりはしないか、という恐れの方が大きかったからでもある。

試験が終わった日に、下級生のアンテに対して問い詰める機会が訪れた。僕は実験室で一人、ちょっとした実験をしようとしていた。これはゼミの自由研究の課題だったから、教官の許可を得ているものだった。

そこへ、アンテが入ってきた。まだ昼休みまえの時間だった。彼は誰もいないと思って実験室に入ってきたのだ。奥に僕がいたので、本当に驚いた様子だった。

「あ、あの、器具を返しにきました」彼は、手に持っている重そうなものを少しだけ持ち上げて示した。

「落とすなよ」僕は注意した。

アンテは僕のそばの戸棚まできて、その器具を仕舞った。静電気を発生させるための装置だ。おそらく授業で先生が使ったのだろう。

棚の低い段だったので、彼は跪《ひざまず》いてドアを閉めた。僕は彼の後ろに立っていた。振り返った彼は、またびっくりして目を見開いた。膝をついたままだ。睨みつけてやると、みるみる顔が赤くなった。

「立ったら？」僕は言った。

彼はおずおずと立ち上がった。

「このまえ、し忘れたことがある。一発殴らせてくれないか」僕は微笑んだまま言った。

「ごめんなさい」彼は下を向き、謝った。「僕は……、あの……」

「顔がわからなかったと思っていたのか？」

「はい、暗かったから……」

「わかるよ。トーマと一緒にいるところを、何度か見ていたし」

「覚えていてくれたんですね」彼は顔を上げた。

「良い方に考えないでくれ」僕は自分の片目に指を向ける。「単に、遠視なんだ」

「お願いです。どうか怒らないで下さい」

「怒ってなんかいない」

「でも、殴るって……」

「君が教えてくれないからだ。僕はユーリの親友だ。彼が何に悩んでいるのかを知りたい。それを知れば、対処のしかたがあると思う。その秘密を僕が知って、ユーリを陥《おとしい》れるようなことがあると思うかい？」

「いいえ、そんなことは……」彼は首をふった。

「だったら、教えてほしい」僕は言った。できるだけ優しい口調で。

彼は考えていた。

そして、話を始めた。

一昨年の暮れのこと。アンテは、トーマの実家に宿泊することになった。彼らは親しかったし、トーマの家は学校のすぐ近くだったからだ。もう冬休みで、大勢が帰省している時期だった。

ところが、夕方に彼らは、二人で学校にやってきた。それは、ユーリがまだ学校にいることを知っていたからだ。

僕もそのときのことを覚えていた。彼は、年明けの学会の発表会で、院生と連名で行った研究内容を発表することになった。年少の学生による発表の機会が特別に設けられていて、教官の推薦で、彼が学校の代表として選ばれたのだ。その研究は、僕も実験を手伝ったからよく知っていた。ユーリはその発表の準備をするために、大晦日《おおみそか》のぎりぎりまで帰省しないことにしたのだった。

「なんとなく、ユーリを見にいこう。もしかしたら、会って話ができるかもしれないって、話したんです。僕は、もちろん、貴方に会いたかったから……」

「何をしていたかなぁ、全然覚えていないよ」

「オスカーは、部屋にいましたよ。えっと、手に怪我をして、包帯を捲いていました」

「ああ、そうそう、あったな」

単なる突き指だった。大したことないのに、医務室のマリア先生が大量の包帯を切り良く使おうとしたのだ。利き腕だったから、しばらくペンが持てなくて困った。

「レントゲンを撮るために、病院へ行ったでしょう？」

「行った行った。そうそう、大丈夫だっていうのに、連れていかれたんだ」

心配したのは、ワーグナ教授だった。マリア先生だけだったら絶対に拒否していたところだ。学校の車に乗せられ、僕は病院へ向かった。そのとき、ワーグナ教授がずっと一緒だった。病院の帰り道、僕は教授と二人でレストランに入って、とんでもないご馳走を片手で食べたのだ。本当にびっくりした。僕が理由を尋ねると、教授は、「クリスマスだからだよ」と答えた。

「オスカーがいなくなったから、がっかりでした」アンテは話を続ける。「それでも、トーマはユーリと話がしたい、いえ、そうじゃないな……。えっと、ユーリのことが見たい、と言っていました」

「見たい？」

「そうです、見るだけで満足だったんです。そういうふうに、よく二人で話していました。ユーリは天使のようだって」

それは、たしかにそう感じることがある。そんなこと、素直に言葉にはできないだけだ。僕は、むしろ自分を恥じるべきかもしれない、と少し考えた。たぶん、今日はこのまえよりもずっと冷静だったし、この下級生に対しても、多少同情の念を抱いていただろう。暗闇で彼を突き飛ばしたこともあって、僕はそのことを謝ろうか、と迷った。

「それで、何が秘密なんだ？」とにかく話の先を促す。

「中庭から、窓を見上げて、眺めていたら、中からか物音がして、僕たちは隠れました。ユーリが建物から出てきたんです。どこかへ行くようだったので、少し離れて、僕たちはついていきました。院生棟の方です。ユーリが入っていったのは、講堂でした」

「講堂？　何をしに？」

「わかりません。僕たち、外でずっと待っていました。寒かったけれど、じっとユーリが出てくるのを待ちました。だって、中に見にいくわけにはいかないでしょう？

見つかってしまうから……。でも、そのままユーリは出てこなかったんです」

「ふうん、なんだ、それのどこが秘密なんだ？」

「一時間くらい待ったと思います。もっとかな。どんどん寒くなって、もう帰ろうって、僕は言ったんです。でも、トーマが動かない。そうしているうちに、小さかったけれど、たしかに、悲鳴みたいな声が聞こえました」

「悲鳴？　どこから？」

「はっきりとはわからないけれど、でも、建物の中だと僕たちは思いました。どうしたら良いか、わからなくて……、なにか事故があったかもしれないと思って、勇気を出して、建物に近づきました。そっと、ドアを開けて、中の通路に入ったんです。そうしたら……」

　アンテの顔が歪み、目から涙が滲《にじ》み出る。

「何があった？」

　彼は喉を詰まらせながら、少しずつ語った。

　講堂の舞台の上に三人がいた。それが見えた。トーマとアンテは、通路の窓から、それを覗いていた。距離は二十メートルほどだったという。誰かが泣きながら謝っている。お願いです、許して下さい、と繰り返している。姿が見えるのは三人だけで、たぶん、院生じゃないか、と思ったという。

「何をしていたんだ?」僕は尋ねた。

「わかりません」彼は首をふった。「とにかく、怖かった。もの凄く怖かった。あれは、きっとなにか、悪魔的なことだと思いました。煙が……、立ち込めているみたいで……。そうだ、すぐ近くで炎が上がっていました。それが揺らめいていて……」

そのうちに、トーマが気づいたという。

「ユーリの声だ」

か細い声だったという。その声だけが悲愴だった。ほかの三人は狂ったように笑った。声を上げて笑っていた。恐ろしくなり、二人は逃げ出して、先生を呼びにいくべきだ、と話し合った。

「ユーリを見たのか?」

「いいえ」アンテは泣きながら首をふった。

「それで?」

「僕たちは急いで、先生を呼びにいきました。でも、職員室はもう真っ暗だったから、宿直室へ向かいました。途中で医務室の明かりがついていたので、あの先生、女の先生にも事情を伝えました」

　ところが、宿直の教官は、二人がこんな時間に学校に戻ってきていたことについて問い質した。言い訳ができず、トーマとアンテは、そのまますぐに帰らなければならなかった。

「え、それじゃあ、どうなったんだ？」

「わかりません。僕たちは、トーマの家まで帰りました。僕たちが見たものが何だったのか、トーマと話し合ったけれど……、年が明けても、先生たちはなにもおっしゃらないし、それに、周りでも、誰もなにも知りませんでした。何事もなかった、という感じなんです。とにかく、ユーリの口から聞くまでは、これは秘密にした方が良い、ということをトーマと話し合って決めたんです。だから、ずっと僕たちの秘密で、誰にも内緒にしました。トーマと約束したんです。だけど、トーマは死んじゃったから、だから、もしかして、知っているのは僕だけかもしれないって思えてきて、どうしたら良いのか、わからなかったから……」

「なるほど、だいたいわかったよ」

「ユーリから、なにか聞いていますか？」

「いや、聞いていない。君たち二人がしゃべらなかったことは、良い判断だと思う。学校中の噂になるところだった」

「はい。それは……、僕たちの誇りです。トーマと、そう話していました」

「しかし、実際、ユーリが関わっているかどうかは、証拠がない。見たわけじゃないのだろう？」

「先生たちは知っているはずです」

「どうしてわかる？」僕は尋ねた。「先生が駆けつけたときには、もう誰もいなかったかもしれない」

「いえ、だって……。その先輩たち、学校を辞めました」

「え？　じゃあ……」

「全員の名前は知りませんけれど、一人は、サイフリートです。トーマが知っていたんです。彼、お茶会に呼ばれたことがあったから。あとの二人も、学校を替わりました。その人の友達です。きっと、あんなことをしたから、放校になったのだと思います」

「そうか……、うん、正式には放校ではなくて、自主的な退学だ。たぶん、体面があるから、そういうことにしたんだ」

「先生たちも、ユーリのことを秘密にしたんですよね？」

「ああ、そういうことになるかな」

「だったら、僕たちも、ずっと秘密にすべきじゃないでしょうか？　話したら、ユーリが傷つくから、言わないで下さい。僕がしゃべったって思われてしまうから」

「少なくとも、君から聞いたことは内緒にしておくよ。それに、先生にちゃんと確めにいってくる」

「このまえは、ごめんなさい。僕は、貴方に嫌われたくなかったから……、ずっと、ずっと悩んでいたんです」

「わかった」僕は頷いた。そして、少し考えてから、礼を言う決心をした。「話してくれてありがとう」

彼は嬉しそうに頷いた。しばらく、そこに立っていたが、頭を下げ、実験室から出ていった。ドアのところでもう一度振り返った顔も、嬉しそうだった。

2

実験を中断して、僕は医務室へ向かった。マリア先生に会うためだ。歩いている間に考えていたのは、サイフリートのことだった。あいつに支配されたといっても良かった。今、この近くに奴がいないことが残念でならなかった。しかし、もし目の前にいたら、複雑なことになっていただろう。僕は彼に殴りかかったかもしれない。そんな一年以上もまえのことで、しかも当事者でもないのに……。そう、情報も伝聞なのだから、確かなものではない。カッとなっている自分がよくわかった。落ち着かなくては、と思った。感情を鎮《しず》めるために最適なものは、詳しい情報だ、客観的な事実しかない。そう考えた。

医務室に彼女はいた。いつも白衣を着ているのだが、このときは、外から戻ったばかりだったのか、奥からカーディガンの袖に腕を通しながら現れた。

「おや、また君か」マリア先生は言った。「どうしたの？」

「先生にお話があって来ました。少しだけ、お時間をいただきたいのですが」

「いいよ。座って……」

僕は椅子に座った。先生は窓へ行き、空気を入れ換えるためだろう、少しだけ開けたところで固定した。部屋は蒸気暖房が効いて暖かかった。僕は、先生が椅子に座るまで待っていた。彼女が腰掛け、僕に視線を向けるまで、どう質問を切り出すか考えていた。しかし、意外にも、彼女の方から言葉が出た。

「ユーリのことだろう？」

「あ、はい、そうです。あの、どうして……」

「わかるよ、それくらい。何だい？」

「先生が知っていることを、伺いたいのです」

「私が知っていると、誰から聞いた？　本人から聞いたのか？」

「いいえ、違います」僕は首をふった。

「ああ……、じゃあ、あの子だな、なんていったっけ。トーマの友達の」

僕は黙っていた。先生に誘導されているかもしれないと考えたからだ。

「あの子が、今まで誰にもしゃべらなかったのは、偉いと思うよ」先生はそこで短く微笑んだ。「今頃になって君に話したとしたら、それもまた、彼なりの判断だったんだろう。うん、みんな偉いじゃないか。ちゃんと、どうしたら良いかを考えている。みんなが悩んでいるってことだ」

「あの……、僕が伺いたいのは、先生がユーリについて知っていることです。何があったのかを僕に教えて下さい」

「知ってどうする？」

「ユーリは親友です。彼が変わってしまったことを、僕はずっと不思議に思っていました。理由がわかれば、そのことで彼と話し合いたいと思います」

「話し合ってどうする？」

「話し合って……、話し合えば、彼を助けることができるかもしれない。力になれるかもしれない。僕にできるかどうか、わかりませんけれど、彼のことを理解したいのです」

「理解したいのは、君の欲望だ。彼が、それを望んでいるかどうか、わからないじゃないか」

「でも、きっとわかってくれると思います。今のままでは、あまりにも彼が可哀相です」

「理解したい、助けてやりたい、そういう気持ちはわかる。しかし、よく考えてごらん。それを望んでいるのは、すべて君個人なんだ。君のエゴなんだ。理解し合いたいのはわかるけれど、なにもかもを知ることが、本当に理解だろうか。それが相手にとっても望ましい関係だろうか。人というのは、お互いに踏み込まれたくない部分があるんじゃないかな。それを尊重することも必要だと思う。ある意味で、理解する、助けてやる、という気持ちが、相手にとっては、侮辱的なものに感じられる危険だってあるだろう。どう思う?」

「僕には、その判断もできないのです。つまり、先生は知っている、知っているからこそ、それは秘密にしておこう、と考えられるんじゃありませんか?」

「では、知ることで優位に立ちたい、ということかな？」

「違います！」僕は自分の膝を叩いた。それから溜息をついた。「すみません。興奮してしまって……」

「うん、そう、もっと冷静に……。そして、綺麗な言葉で飾ることをやめる。もっと素直に言葉にしてごらん。何がしたい？」

「知りたい」僕は答えた。

「彼のことが好きなんだね？」

「はい」僕は即答した。

「私は、君よりは倍も長く生きている。だから、一つだけ、先人のアドバイスだと思って聞いてほしい。いいかい？　救うなんてことは考えない。そんなのは綺麗事だ。綺麗な言葉で自分を誤魔化しちゃいけない。君は知りたいだけだ。そして、もし知れば、今度は君が苦しむことになるだろう。友達の苦しみを、自分の苦しみとして感じることになる。でも、それでも、ユーリの苦しみは、少しも消えることはないだろう。苦しみを背負ったつもりでも、何の役にも立っていない。結局は、そういうことまで、君は知ることになる。友達なんて、いったい何の役に立つのか、と自問することになるだろう。もしなにか得られるとしたら、汚い人間の本性を理解するだけだ」

僕は黙って聞いていた。先生の言葉に頷きながら。それは、素直にそのとおりだと思ったからだった。綺麗事ではない、たしかに、僕のエゴだ。そう、そのとおりだ。返す言葉もない。だけど、絶対に役に立たないと言い切れるだろうか？　リスクはあっても、チャンスはあるのでは？

「このままにしておきなさい。たとえ知っても、知らない振りをするしかない。彼の方から、君に語ることがもしあるとすれば、それを聞いてあげなさい。そうするしかない。そのときになって、実は僕は知っていたんだよって、言えるか？」

言えない。そうだ、そのとおりだ。

目が熱くなった。どうして良いのかわからない。感情と理性が喧嘩をしているのか、それともお互いに反目し合ったまま、麻痺《まひ》してしまったかのようだった。

「私だって知らないんだよ」マリア先生は言った。「もちろん、その場を見にいったし、ユーリからも事情を聞いた。ユーリは真実を話せただろうか？　それから、学校を出ていった連中の調書も読んだよ。いったいどこまでが真実だ？　あとから解釈をし直し、言い訳を交えた言葉ばかりだった。私は、知りうるだけの情報は得た。しかし、それでも、それが本当に真実だとは思えない。ユーリはどこまで語っただろう？彼が受けた仕打ちのどこまでを、彼は自分の口から言葉として出すことができただろう？　想像してごらん。言えるか？　心に受けたものまで、すべてを話せるものか？　肉体的なこと、外見上何があったのか、というだけではわからない。傷口を見ても、傷の痛みはわからないんだ。真の痛みは心が受けるもので、真実はそこにある。でも……」彼女はゆっくりと首をふった。「そんなものが、言葉になると思うかい？　言葉を聞いたところで、知ったことになるのか？　理解したいと君は言ったが、理解なんてできるはずがないじゃないか」

僕は無言で頷いた。

そのとおりだと思った。思い上がっていた自分が恥ずかしかった。けれど、では、どうすれば良い？

「僕はどうすれば良いですか？」その疑問が僕の口から漏れる。

「さあね……」先生は軽く微笑んだ。「そんなこと、私は知らない。君の問題だ。ただね、君が友達を思っている気持ちは少しはわかった。それは尊いものだと思う。それがあるかぎり、悪いようにはならない。そう思います」

「でも、トーマは自殺しました。友達のことを思っていたのに、悪いようになったのではありませんか？」

「そう思う？」

先生に問われて、僕はもう一度自問した。トーマは知っていたから、死んだのか。もし知らなかったら、死ぬことはなかったのか。

わからない。そんな仮定の話をしても、いくら過去のことを考え直しても、意味はないじゃないか。

「いい？　私が知っていることを話しても、君は、すべてを知ったことにはならないし、今知っていること以上に理解することはできないでしょう。ユーリは大丈夫。君が思っているよりも、彼は強い。言わせてもらうけれど、私はね、むしろ君の方が心配だよ」

「え？」僕は驚いた。「僕が？　僕の何がですか？」

「よくも今まで生きてこられたわね」彼女は微笑んだ。「気をつけなさい。君の方こそ、友達に支えられている。そんなふうに考えてごらんなさい」

「支えられている？」僕は自然に首を傾げていた。「僕が？」

3

僕は医務室を出て、実験室へ戻った。すると、そこにユーリがいた。

「どこへ行っていたんだ？　やりっぱなしじゃないか」

「ああ、悪い悪い。ちょっと野暮用でね」

「君が開けたあの棚」ユーリは指さした。「先生から鍵を預かっただろう？」

「そうか……」

「開けたままだった。劇薬が入っているんだぞ」

「ああ、そうだった」僕は頭に手をやった。「すっかり忘れていた」

「僕だったから良かったけれど、誰かがここへ来て、持ち出したりしたら……」

「うん、わかった。本当に悪かった。もう言わないでくれ。わかったから」僕は片手を広げた。

「オスカー、君らしくない」ユーリは言った。

「えっと、そうかな。だいたい、抜けているというか、ぼんやりしている方だよ。あ、あ、大失敗だ」

「どうする？　実験は続ける？」

「うん、そうだね……」僕は頷いた。周囲を眺め、どこまでやったのかを思い出した。

「手伝うよ」ユーリは静かに言った。

僕たちは黙って、実験器具を整え、薬品を計り、異なる条件の混合物を試験管に取り分けていった。さらに試薬を加え、サンプルを並べ、その結果をノートに記録した。難しいものではない。この結果から本実験の計画を立てるためだ。それに、今日だけで結果が出るわけでもない。一週間後にまた測定が必要なものもある。時計を見て、時刻も記録した。もう夕方だった。ユーリとはデータを読み上げる以外に話をしなかった。

もちろん、頭の中では断続的に、アンテから聞いた話と、医務室での問答が再生されていた。自分の考えはまったくまとまらなかった。マリア先生から最後に指摘されたこと、つまり、僕の方が支えられている、という言葉について何度も自問した。そうだろうか。そんなことは絶対にない、と思うのだが……。

今日できる測定が終わって、器具の掃除をしてから棚の中に仕舞った。後片づけをしているとき、僕はユーリにきいた。

「どう？　エーリクとは」

「べつに」ユーリの素っ気ない返事だった。

「彼、どうなのかな……、もう発作とかはない？」

「貧血の？　そうだね、特に変わりはないと思うよ。でも、僕にはなにも言わないから、どうなのかはわからない。僕もきかないし」

「勉強のこととか、話さない？」

「話さない」ユーリは首をふった。「わかっているんだよ、話をしたら、きっと喧嘩になるってね。お互いに、そういう理解があるということだね。けっして悪い状態ではない。相手を尊重し合うことが、基本的にまず必要だ」

「良い状態とは思えないけどな」

「離れたところにいて、相手が見えないと不安になる。たとえば、自分の知らないところで、ほかの誰かに、自分の悪口を言っているんじゃないかと考えたりね」

「ああ、なるほど……」僕は頷いた。「そういう安心はあるかもね、目の前にいれば」

「彼は、才能があると思う」ユーリは静かな口調で言った。「将来が楽しみだね」

「なんか、先生みたいなことを言うじゃないか」

「このまえ話したけれど、僕は、来年度には、もうここにはいないから……」

「それ、もう、はっきりと決まったこと？」

ユーリは頷いた。

そうか、と僕は小さく溜息をついた。あと二カ月ちょっとじゃないか。ユーリは行ってしまう。このまま、秘密のままにして、行ってしまうつもりだ。

最近になって、彼は少し穏やかになっていた。一時のように苛立っていない。もうこの学校を辞めると決めたから、それで整理がついた、ということだろうか。もしそうならば、彼の決断はそれなりに正しかったのかもしれないな、と僕は思った。けれど、単に整理のために彼は人生を狂わせてしまったのではないか、という疑問も残る。そう、そもそも、ユーリに問題が降りかからなければ、彼はここにずっと留まったかもしれないじゃないか。その可能性が高かったはずだ。これはつまり、トーマをはじめ、僕たちがユーリを救えなかったからだ。彼は去らざるをえなくなった、ということだ。どうしても、僕はそう考えてしまう。

「未練は、ないのか？」僕は思い切って尋ねた。

「未練？」ユーリは手を止めて、僕を見返した。

「そう、沢山のものを諦めることになるわけだろう？」

「ああ、未練ね……。それは沢山あるよ。だけれど、考えたらきりがない。どんな決断も、必ずプラスのものとマイナスのものの比較になる。自分にとって、プラスが多い方へ舵《かじ》を切るしかないじゃないか」

「でも、状況をどう捉えているか、ということで、判断に違いが出るだろう？　君が観察したものが、正しくないものだったかもしれないし、それに、そう、周囲が君のことを誤解していたかもしれないし」

「何を言いたいのか、よくわからないね。オスカー、君らしくないな。抽象的すぎる。なにか、僕のやり方で気に入らないことが？」

「いや、そうじゃない。他意はないよ」

「自分の観察以外に頼れるものなんてないはずだ。自分が受け止めたもの、それが世界のすべて、現実のすべてじゃないか。人間だから間違いはあるかもしれない。間違いだとわかったときには、謙虚に認めて、修正をすれば良いことだ。我々が間違いだらけだなんてことはごく当然のことで、神様はとうにご存じだし、すべてを既に許されている」

「君が言うと、説得力があるよ」

「どういう意味？」ユーリは首を傾げた。

「だって、神様に仕えようとしているんだから」

「ああ、そういうことか」彼は頷いた。「そんなつもりは全然なかった。僕はまだ、聖書の勉強もしていない。すべてをこれから始めようと思っている」

「へえ、そうなんだ。あ、でも、君ならできるだろう。そうだね、向いているかもしれないな」

「ありがとう」

「今まで、ああいう聖職者というものを、僕は信じられなかったんだ。あ、悪く思わないでほしい、最後まで聞いてくれ」僕はユーリの方に片手を広げて見せた。「なんというのかな、神様の名を騙《かた》って、人々を導くみたいなことを言うけれど、単なる偽善者か、もっと悪く言えば、詐欺《さぎ》？　そんなふうにしか考えなかったんだ。それは、キリスト教だけじゃない、どんな宗教だって全部同じだ。現実には金を集めているし、人々の貧困が救われたわけでもない。彼らの力で、戦争が回避されたこともないしね。むしろ、その逆じゃないか。口先だけで、神を信じろ、仏を信じろと言っているだけだってね……」

「僕もそう思うよ」

「え？」

「いや、続けてくれ、もっと聞きたい」ユーリは微笑んだ。

「宗教が世界を平和にした歴史なんてないんだ。むしろその反対だった。宗教の違いで戦争になる。殺し合いをする。迫害をする。うん、とにかく、そういう悪いイメージしか、僕にはなかったんだ。だけど、君が神父になる、という話を聞いたときから、ほんの少しかもしれないけれど、違った印象を持つようになった。神様も、もしかしたら、信じる価値があるかもしれないなって、今は少し考えている」

「よくわからないな、どうして、そう思うようになった？」

「どうしてだろう……、まあ、あるとしたら、子供じゃなくなったということかもね。子供のときって、やっぱり戦闘的で、自分の能力や自分の将来を信じられたと思うんだ。今は不充分でも、いつか立派になって、自分はすべての夢を実現できるってね。それが、この歳になると、やっぱり個人の能力や努力ではどうしようもないものが、この世にはいっぱいあるんだって思い知らされる。人間にはどうしようもないものだ、と感じる。そうなると、神様を信じる気持ちっていうか、そんな処理が、どうしても思考の隙間に入り込むようになるんだと思うな。まあ、ようするに……、なるほど、だからずっと神様なんてものが生き続けているんだな、と納得したしだい」

「僕の話を聞いて変わった、という部分は？」

「神頼みして賽銭《さいせん》を投げたり、困ったときにだけ念仏を唱えたり、なんでも拝みたおすような連中は、今でも信じられないけれど、でも、君のように、本当に人を救いたいという誠意を持った人間が聖職者になるんだ、とわかったからだ。つまり、宗教っていうのは、そこに存在している、そこに意義があるって感じた」

「そこっていうのは、人を救う誠意のこと？」

「そう」僕は頷いた。「人のためになろうという心。自分ではなく、大勢の命を思うっていうか……」

「だけど、人を救いたいと思うのは、結局は自分のためなんだ」ユーリは語った。

「僕がこの道を選んだ一番の理由は、自分が救われたいからだよ。それは素直に認めたいと思う。神様に隠し事はできないからね」

彼の顔が神々《こうごう》しく見えた。本当だ。色白に黒い瞳。きりっとした眉。僕はしばらく返事ができず、彼の顔を見つめて、小さく頷くしかなかった。

そうだ、彼を救いたいなんて考えていたけれど、それは間違っていた。

救われていたのは、僕だ。

この学校に来てからずっと……、辛いことが忘れられたのは、彼のおかげだった。

ユーリを見ている間は、彼と話をしている時間は、あの銃声が忘れられたのだ。

優しい母の顔を、僕はユーリの瞳の中に見ていたのかもしれない。

「オスカー？」

「え？」

「柵の鍵を閉めてくれないか」

「あ、そうだね」

僕は薬品棚の鍵を閉めた。

職員棟の前までは二人並んで歩いた。しかし、そのときは言葉は交わさなかった。僕は鍵を返しにいくため、そこで彼と別れた。言葉はなく、お互いに軽く片手を持ち上げただけだった。

階段室には、縦長の窓が三つ並んでいる。踊り場に立つと、そこからグラウンドが見渡せる。もう太陽は見えなかったけれど、オレンジ色の綺麗な空が広がっていた。あれは、神様が作った色だろう。

4

試験の結果が発表になった。エーリクの予告どおり、数学と物理では彼がただ一人の満点で、クラスのトップだった。職員室前の掲示板の付近で、彼は大勢に囲まれていた。僕が通りかかると、こちらを見てにっこりと微笑んだ。ユーリはそこにはいないようだったが、彼は、多くの科目で成績を落としていた。もちろん、それでも僕よりは上だったし、英文法ではトップだった。

僕の想像だけれど、既に彼は、この学校での勉強を終えて、次のステップへ目を向けているのだろう。あるいは、エーリクにトップを取らせるためにわざと引き下がったんじゃないか、といった極端なことまで考えた。もちろん、それはありえないだろう。けれど、そんなふうに考えてしまうほど、僕はユーリの才能を信じているのだ。彼が本気になれば、やはりエーリクよりは上なのではないか。理工系の道からユーリが離れていくことは、この分野の将来にとって大きな損失となるだろう。

日差しが暖かかったので、中庭に出て、コンクリートのステップに腰掛けた。山茶花《さざんか》の赤い花弁が、敷き詰められた石の上に落ちていた。でも、それよりももっと沢山の花が咲いていて、これが全部散ったら地面が真っ赤になるだろう、と思えた。

しばらくすると、人の声が聞こえ、ピロティを何人かが通りかかる、そこから、一人がこちらへ近づいてきた。エーリクだ。

「オスカー、見てくれた？」彼は明るい表情できいた。

「ああ、おめでとう」僕は彼を祝福した。「凄いな、君は」

「ありがとう」無邪気な笑顔をエーリクは見せる。彼は、僕の横に腰掛けた。「ねえ、お願いがあるんだけれどさ」

「何？」

「ワーグナ教授のゼミに、参加させてもらえるように、頼んでもらいたいんだけれど……」

「ああ、なんだ、そんなこと、自分で言えば良いじゃないか。きっと大歓迎される よ」

「どうしたら参加できるのか、わからないもの。先生の推薦が必要なんでしょう? みんなはそう話している」

「うん、そういわれてみると、そうかな……」僕は頷いた。僕とユーリの場合はたしかにそうだった。自分から申し出たわけではなく、教官から勧誘されたのだ。「それじゃあ、教授に話しておくよ」

「ユーリに頼むよりも、オスカーの方が、ね? ワーグナ教授と親しいから」

「え、ああ、そうかな……」少し驚いた。そういうふうに見られているとは認識していなかったからだ。「ところで、ユーリとは、どう?」

「それさ、会うと必ずきくよね」エーリクは笑った。「うーん、まあ、相変わらずってとこかな。でもね、僕、ユーリには感謝しているんだ」

「どうして?」

「みんなと一緒の部屋にいたら、絶対に遊んじゃうからさ、試験勉強ができなかったと思う。ユーリと一緒だったからこそ、黙々と勉強に集中できたんだよね」

「しかし、数学と物理だろう？　勉強すればできる科目じゃない」

「そんなことない。やっぱり、問題を沢山解いておけば、やりかたを覚えてしまうから、その場で考えるよりは速いし、完璧だよね」エーリクは頷く。「ああ……、なんか、もっともっと勉強がしたくなってきた。一生、勉強ができたら最高だね」

「研究者になれば良い」僕は勧めた。

「え、それは、ちょっと、どうかな」彼は首を傾げる。「僕みたいな人間には向かないように思うなあ。だってさ、先生たちとか、物静かで、みんな、ほら、思慮深い感じだし。ユーリみたいだよね」

「それは、なんというのか、能力ではなくて、性格だよ」

「そうそう、だからさ、性格的に向かないような気がするってこと。無理だよね、工場でわいわいしゃべりながら働くってのが、まあ順当な将来像かな」

「エンジニアだって、エリートならば、だいたい設計とか計算だ。一人で黙々と考えるようなことが多いんじゃないかな。工場にいつもいるわけじゃない」

「うーん、そういうもん？　オスカーは、将来は何になるの？」

「いや……」僕は首をふった。「全然、決めていない」

「ユーリは？　彼はどうするんだろう？　やっぱり、学校に残って研究者になるのかな」

「ああ、彼はね……」口から出かけたが、そこで思い留まった。

「何？」

「いや、研究者ではないよ」

「じゃあ、何？　なにか聞いているんだね」

「まあね。でも、話して良いものかどうか……」

「うわ、秘密にしろって言われたんだ」

「そうじゃないけれど」

「だったら、話してくれてもいいんじゃないかな」

「でも、直接、彼から聞いたことはないんだろう？」

「だって、話なんかしないもの、僕たち。なんていうか、同じ部屋にいても、全然違う世界にいるんだよ。あ、そうそう、幽霊みたいなものだね。触っても、手応えがないかも。ぶつかっても通り抜けちゃうんじゃないかな」エーリクは笑った。

「それは、どちらが、幽霊なんだ？」僕はきいた。

エーリクの笑顔が突然曇った。彼は僕を見つめたまま、その目をみるみる潤ませるのだ。

「どうした？　悪かった、悪い冗談だった」

「酷い冗談だよ、それ」エーリクはそう言うと目を瞑る。下を向き、それからようやく、ふうっと息を吐いた。

「ごめんごめん、全然、考えなしだった。ちょっと、最近、頭が回らなくてさ、ぼんやりしているんだ」

「ふうん」彼は口を尖らせる。「あぁあ……、もう本当に、まいっちゃうよなあ」

「悪かった。えっと、今度、なにか奢るよ」

「え、どこで？　街へ出て？」

「うん、そうしようか」

「やっほう、それはいいや」エーリクは立ち上がった。「いつ？　今日？　明日？」

「いつでも」僕も立ち上がった。「でも、今日は図書館に用事がある。調べものがあってね」

「明日だ……、午後にしよう」

「そうしよう」

エーリクはピロティの方へ歩いた。しかし、途中で立ち止まり、こちらを振り返った。

「もちろん、忘れていないよ」彼は僕を見つめて微笑んだ。

「何を？」

「ユーリが研究者じゃなくて、何になるのかってこと」エーリクは言った。「誤魔化されてたわけじゃないからね。それから、ワーグナ教授に頼んでもらえる？」

「わかった」僕は頷いた。念を押されてしまった。彼の頭の回転には、ときどき驚かされる。思考が機敏だ。おっとりとしていたトーマとは、やはり全然違う。

5

図書館で文献を探していたが、あるはずの本が見つからないので、係の職員にきいたところ、それはワーグナ教授の部屋にあるはずだ、と言われた。

「教授が借りたままなのですか？」と尋ねると、

「ええ、そうです。でも、返してもらいたくないんですよ。ここは本棚がもういっぱいで、置き場所に困っているので」という返答だった。

ワーグナ教授の部屋には、壁一面に本棚がある。あのうち何冊くらいが、図書館の蔵書なのだろうか。そんなことを考えながら、僕は教授の部屋に向かった。エーリクから頼まれたこともあったから、ちょうど良かった。教授がいるかどうか、それが問題だが。

ドアをノックしたが返答はなかった。留守かもしれない。ためしにドアノブを回すと、鍵がかかっていなかった。僕はドアを開けて室内を覗いた。

教授の姿はない。壁際で鳥が鳴いた。なにか人間の言葉らしいものを繰り返しているけれど、僕には聞き取れなかった。どうしようか、と迷ったけれど、思い切って部屋の中に入ることにした。中で待とう、と考えたのだ。普通だったら、こんな真似はしなかっただろう。大胆すぎる、と思われるかもしれない。でも、教授には叱られない自信が僕にはあった。

ほんのりと煙草の香りがした。これはいつものことだ。デスクの上は片づいている。一度だけ、机の引出しを開けたことがある。ペンを取ってくれと教授から頼まれたからだった。見たこともないほど、きちんと整理されていた。それ以来、自分のだらしなさを認識するたびに、その引出しの光景が頭に思い浮かぶのだ。

書棚も整理されていた。それくらいは知っていたが、驚くべきことに、タイトルがアルファベット順に並んでいることを僕は発見した。今までまったく気づかなかった。僕は、図書館で探していた本をすぐに見つけることができた。その一冊を取り出し、その場で立ったまま、それを読んだ。ドイツ語ではなく、英語だった。

ドアが開いて、教授が入ってきた。

「あ……」僕は声を出す。

ワーグナ教授は驚き、僕を見た。しかし、驚いた顔がすぐに微笑みに変わった。

「オスカー、どうしたのかな?」彼は優しい口調できいた。

「すみません、無断で入って」

「いや、鍵はかかっていなかったはずだ。入るのは君の自由だよ」

「図書館で本を借りようとしたら、この部屋にある、と言われました」

「本は、見つかったかね?」

「はい」僕は開いている本を少し持ち上げた。

教授は僕の近くまでやってきて、本を覗き込んだ。

「ああ、これか……。持っていきなさい、君に貸そう。返してくれなくても良い」

「いえ、もちろん返します」

「返ってこなければ、本棚が詰められて、新しい本がもう一冊入る。その方が私には嬉しい」

「図書館の係の人も、同じことを言っていました」

「そう。どこにあるかさえわかっていれば、それで良い。空間を有効に使うべきだからね」

「では、お借りします。ありがとうございます」

「そうだ、一つ、君に頼んでおこう。エーリクを、私のゼミに参加させたい。彼の意向をきいてもらえないか。できれば、勧誘する方向でね」

「あ、え、ええ……」僕は思わず頷いた。「わかりました」

「ユーリが学校を去ることは、どうやら確実になったようだ。行き先の学校から受入れの許可が届いたからだ。私としては大変残念だよ。彼の才能に大いに期待していた」

「はい、僕も残念です」

「そう、君は彼と親しかった。彼から、どんなふうに聞いているのかね？　もし良ければ、教えてもらえないか」

「はい、彼は、まえから神父になりたかった、と話しています。ただ、それを僕が聞いたのはつい最近のことです。それまで、そんな話を聞いたことはありませんでした。彼は、両親に反対されるだろう、というようなことを言っていましたが……」

「うん、そうらしい。そりゃあ、反対するだろうね」

「でも、それを振り切っても自分の希望を叶えたい、という確かな決断だったようです」

「私もそう聞いている」教授は頷いた。「あるいは、一昨年のあのことが影響したかもしれないし、それとも、あの下級生の事故がきっかけだったかもしれない。そこのところはわからないが、ただ、君がいうとおり、本人の決心は固い。我々にとっても、あるいは、この国にとっても損失だと思うが、個人の権利として尊重しなければならないことだろう」

「一昨年のあのこと、というのは、何ですか？」僕は尋ねた。

教授は少し驚いた顔で黙った。僕をじっと見る。口が滑ってしまった、といったところだろうか。彼は咳払《せきばら》いをして、デスクの方へ歩く。対処を考えているようだ。

「もしかして、君は知っているのでは？」彼はきいた。

僕もデスクの方へ近づく。籠の中の鳥がまたしゃべった。ドイツ語のようだった。歌かもしれない。

「何て言っているのですか？」僕は質問した。過度に教授を困らせないよう、話題を変えたつもりだった。

「ゲーテだよ」教授は答える。「彼は、ニュートンを嫌っていた。科学や工学が世界を支配することを恐れていた」

彼は、煙草に火をつける。白い煙を吐いた。

ゲーテへの評価は、もしかしたら、遠回しにユーリのことを示しているのかもしれない、と僕は思った。

「そうか、うっかりしていた。失言だった」彼は溜息と一緒にまた煙を吐いた。「オスカー、忘れてもらうわけにはいかないかね？」

「僕は、知っています。トーマの友人だった下級生から聞きましたし、医務室でも先生に伺いました。ただ、具体的な話ではありません。いずれも抽象的です。わかったのは、なにかが起こった、ユーリの身になにかあった、ということだけです。詳しい情報ではありません。だから、もしかしたら、僕は知らないのかもしれない。その点について自信がまったくありません。ユーリには、もちろんなにも話していないし、こんなあやふやな情報では、本当に、中途半端で、対処もできません。親友を救うことができないのです。教えて下さい。是非詳しく教えて下さい。聞けば、僕にできることを考えます」

僕は自分の理屈を捲《まく》し立《た》てた。こんなことができたのは、まちがいなく、僕がワーグナ教授に甘えていたからだろう。あとになって、そう気づいた。大いに後悔することになったのだが、しかしその場では、何故か微塵《みじん》も疑わなかったし、それどころか、これこそが僕の奥の手、僕に許された特権だと勘違いしていただろう。

さらに僕は、もう一つ別の期待を見出していた。ワーグナ教授は日本人ではない。真実の捉え方について、秘密というものの機能について、日本的な感覚とは違った基準を持っているはずだ。それは常々感じることだったし、僕にはとても合理的に見えた文化だった。人を思いやるために自分を没する、という日本的な考えとは正反対の優しさ、つまり、自分を活かし、自分が豊かに生きているからこそ他者を救うことができる、そんな力強さみたいなものだ。そのより積極的な優しさに、僕は縋《すが》ったのかもしれない。

しばらく、僕の顔を見て、教授は微笑んだままだったけれど、窓の方を向き、鳥を一瞥したあと、目を閉じて、ゆっくりと頷いた。

「よろしい、君に私の知っていることを伝えよう」教授はこう切り出した。そして、一昨年の暮れ、この学校で起こった忌《い》まわしい事件について語ってくれた。

彼は、非常に客観的な表現を用い、まるでそれは、ドイツ語を和訳しているかのようだった。けれど、聞いている僕の方は、想像はしていたものの、その具体的な事実に躰が震え、気づいたときには頬を濡らしていた。目は霞《かす》み、呼吸は途切れ、胸は締めつけられた。とにかく、一言で表現するならば、とても痛かった。とても苦しかった。

もちろん、加害者たちは、今はもう学校にいない。リーダはあのサイフリートという男だ。彼には子分のような仲間がいて、二人が関わっていた。全員が事実上、放校処分になっている。どういった理由でそんなことをしたのかは、明らかにされていなかった。本人たちから事情を聞いたわけだが、納得のいく返答がなかった、という意味だ。これは当然だろう。どんな理由も正当性を持つとは考えられない。また、彼らが、ユーリに対して個人的な恨みを持っていたのでもなさそうだった。気に入らなかったわけでもなかった、という。絵に描いたような優等生、という完璧さに反発した、あるいは嫉妬した……、というだけでもなさそうだった。彼らは、いずれも金持ちの家に生まれ、そんな恨みも妬《ねた》みも抱くような人間ではなかったはずなのだ。強いて理由を探すならば、ちょっとした余興《よきょう》……、ただ単に、綺麗なものを汚してみたかった。その場の弾み、悪戯、そんな小さなきっかけだったのではないか。もしかしたら、彼らはユーリのことが好きだったのかもしれないのだ。僕は、なんとかそう考えようとしていた。けれどもまた、そんなふうに考えるほど憤《いきどお》りを感じたし、どうにかして復讐をすることはできないものか、と思いを巡らせてしまう。そうでもしなければ、泣き寝入りではないか。

　ワーグナ教授の説明は極めて客観的だった。下品な言葉は一つも使われなかった。これは、ずっと以前に、僕の母が撃たれた事件の話をしたときと同じだった。引き金をひいた、と表現しただけで、撃った、とは言わなかった。ただ、弾がどこに当たり、母の命がいつ消えたのか、という説明があっただけだった。それさえも僕は、母の死より何年もあとになって聞いたのだ。小さかった僕にはそれが理解できないだろうことを配慮した、と教授は語った。僕は、父が母を撃ったことをとうに知っていたから、教授から説明を受けても、まったく無感情だった。今さらそんな話を聞いてもしかたがない、と呆れたほどだった。ただ、どうして、この人は、今さらこんな話を持ち出すのだろう、と考える最初のきっかけになっただけだ。

　今、ユーリの話を聞いても、やはり、すべては想像の範囲内だったといえる。僕はそれを想像しなかったわけではない。アンテの話からも、医務室でのマリア先生からの忠告でも、ことの本質、つまり抽象された悲惨さ、卑劣さは充分に伝わってきたし、それ以上に、僕はユーリをずっと見続けてきたのだから、とうにその重大さを理解していたはずなのだ。最悪の場合を想定してもいた。そして、事実は、それにほとんど一致していた。そのことが確認されただけだ。心のどこかで、できるだけ軽微であってほしい、と願っていたかもしれない。否、まるで事実ではない、と誰かに否定してもらいたかったのかもしれない。

言葉にすれば、たとえば、リンチという表現で終わってしまうものだろう。万が一記録されていたとすれば、そんな簡単な記述によって大人の社会では片づけられたはずだ。

ただ、ユーリの躰には、まだその傷が残っているかもしれないし、たとえそれが綺麗に消えても、彼の心は、元どおりの期待に満ちた少年のそれではもうない。人間を信じられた無邪気な子供には、もう絶対に戻れないのだ。

それは……、

僕にとっても同じだった。

僕は、暗いベッドで、あの銃声を聞いたときから、

もう、それ以前には戻れないことを知った。

もうあの優しい手に、

温かい手に、

触れることはできない。

甘えることはできないのだ。

これは、もしかしたら、誰でもが、いつかどこかで、経験するようなことなのだろうか。もちろん、ユーリのような酷い状態はけっして平均的とはいえない。僕の場合だって、やはり特別だった、とは思う。ただ、でも、そうではなくても、つまり、爆発的な変化点がなかったとしても、じわじわと時間をかけて、氷が解けるように崩れ去るものなのではないか。子供、少年、童心、無邪気、甘え、素直、消えていくそんなものたちの影。それらを持ったままでは生きられないのだから、いつかは脱皮するように、払い落とさなければならないものなのか。

そんなことにまで、思いが巡った。

僕が泣いていることを、ワーグナ教授はなにも言わなかった。お前が泣くような問題ではない、と言われてもしかたがなかったはずなのに……。彼はただ事務的に、事情を説明しただけだった。そして、最後は黙って、僕をじっと見つめた。青い目は、穏やかだった。今、もし僕に頼れるものがあるとしたら、そこだけだ、と感じた。それを感じていたからこそ、僕は泣けたのだ。

ずっと泣きたかったのだ、僕は、きっと。

だから、思った。

ユーリもきっと、誰かの優しさを感じて、泣きたいのにちがいない、と……。

第6章

いつも　いつも
生徒たちの
背にぼくは
虹色に淡い
天使の羽を
見ていた

天国の
狭き門より
くぐりいる
ことのできる
翼を
ぼくだけが
持たなかった

1

翌日、食堂でエーリクが隣に座った。

「ワーグナ教授に話してくれた？」

「うん」僕は頷いた。

「え、本当？　どうだった？」

「もちろん、OKだよ」僕は答える。「実はね、僕から話すまえに、先生の方から頼まれてしまった」

「何を？」

「君をゼミに勧誘してほしいって」

「うわ……」エーリクは目を丸くする。「驚いた。どうしてだろう？」

「きいてみたら？」

「誰に？」

「ワーグナ教授に直接」

「そんな……」エーリクは顔を赤らめる。「無理だよ。あんな偉い先生に」

「へえ、偉いって、知っているんだ」

「うん、まだ一冊だけれど、先生の本を読んだからね」

「え、どの本？」

エーリクが書名を言い、その内容について、感想を述べた。非常に的確だった。僕なんかよりも彼はずっと深く理解しているかもしれない。応用分野についても、僕たちは幾つか意見を交換した。それにしても、いつの間に彼はそれを読んだのだろう。不思議だった。そんな時間が彼にあったとは思えなかったからだ。

「とにかく一度、先生の部屋へ行って、指示を受けること」僕は教える。「資料については、ユーリから聞いたらいい」

「うん、わかった」彼は頷いて、スプーンでスープを飲み始める。「あとね……、昨日言ってた、あれは？」

「ああ、うん……。ユーリはこの学校を辞めるかもしれない」僕は周囲に聞こえないように、小声で言った。「もうすぐ、たぶん発表されるだろう」

エーリクは下を向いたままだった。驚いた様子はない。そのままスープを飲んでいる。

「どこへ行くの？」囁くように彼はきいた。

「神父になりたいと言っていた。どこかはよく知らないけれど、そういう学校があるらしい。そこへ転校するみたいだ」

「研究者にはならないって？」

「まあ、そういうことだね」

エーリクは黙って食事を続ける。会話はしばらく途切れた。僕たちは少し遅れて食堂に来ていたから、もう周りのテーブルには人が疎《まば》らだった。もちろん、ユーリの姿もない。少し離れたところに黒メガネがいて、こちらの様子を窺っているようだったけれど、話は聞こえないはずだ。

「そうか……」エーリクは呟いた。「残念だな」

「意外に冷静だね」僕は小さく溜息をついた。「良かった」

「どうして？　僕が泣き叫ぶとでも思った？」

「いや……、どうかな。どんなふうに思うのかな、とは考えた。彼がいなくなった方が良い？」

「全然……。そんなことはない」彼は首をふる。「同室なんだよ。親友なんだ」

「そう？　でも、話もしないって……」

「そんなことない」エーリクはまた首をふった。「ユーリは、優しいよ。そうか……、いなくなるから、あんなに優しかったんだね。ふう……」彼は息を吐き、上を向いた。「なんだか、気持ちを整理したっていうのかな、そんなふうに見えたよ。たぶん、トーマのことを、自分なりに片づけることができたんだろうなって、思っていたけど……」

「なにか、話を聞いた？」

「なにも……」彼はこちらを向いた。「何？　どんな話？」

「いや、べつに、これと決まったものじゃない。それから、彼はもともと優しい人間だよ」

「うん、そうだね。最初、そんなふうには見えなかったけれど、今はよくわかるよ。神父か……、そうかぁ、それって、もの凄く向いているんじゃないかな」

「そう、少なくとも、僕や君よりは、向いているだろう」

「ああ、でも、やっぱり、寂しいね」エーリクは呟いた。「ユーリからちゃんと話を聞こう。そうだ、そうしよう。残念だなあ、せっかく関係が修復されたかなって、思っていたのに」

「修復？」その言葉が可笑しかったので、僕は少し笑った。たぶん、嬉しかったからだろう。「結局、時間をかければ、ちゃんと誠意は通じるものだよ」

「そうそう」エーリクは頷いた。「でも、言っておくけど、ユーリの問題だったんだ。僕は、とばっちりさ」

「まあまあ。恨まない、そんなことで」

「恨んでいるわけじゃなくてね……、えっと、何だろうなあ」エーリクは遠くを見る視線だ。「あ、そうか、心を開くっていうことだよね。うん、僕も少しいけなかったんだ。母と別れてここへ来たときは、本当に頭に来ていたから。でも、もう一人になってしまったし、そうなんだ、それで、やっぱり見方も変わってきたと思う」

「そのとおりだよ。つまり、君の問題でもあったわけだ」

「そうか、そうだね……。どっちにしても、オスカーには、感謝している。それは言っておかないと」

「感謝されるようなこと、したっけ？」

僕は何をしただろう？

なにもしてない。なにもできなかった。ただ、気づいて、知って、そして、勝手に考え、思い悩んでしまっただけだ。ただそれは、きっと、ユーリの場合でも同じだったのではないか。彼も、自分の問題を独りで抱え込み、悩んでいた。今も悩んでいるにちがいない。それを僕たちがいくら知っても、マリア先生の言ったとおり、荷物のように分割して、力を貸すことはできないのだ。

でも、一つだけいえることは、トーマの死が、やはりきっかけだったと思う。すべては、あれからだ。あのときから、僕はユーリのことが気になり始めたし、それに、たぶん、ユーリ自身も解決しなければいけないと感じたのではないか。彼のあの焦りは、きっとその葛藤《かっとう》から滲み出たものだったはず。

さらに、そこへエーリクがやってきたことも大きい。彼が現れたことは、トーマの死という大きなショックを和らげてくれたようで、実はまったくその逆だった。しかし、彼の存在によって増幅されたからこそ、問題が顕著になり、ようやく見えるようになったのだ。彼がトーマとそっくりだったことも、あまりにも奇跡的すぎる。神様がいるとしたら、明らかに、僕たちの前に彼を遣わされたのだろう。

食事を済ませて、食器を片づけようとしているとき、名前を呼ばれた。食堂の入口にユーリの姿があった。彼は、こちらへ駆け寄ってくる。

「オスカー、ワーグナ教授の部屋へ。今すぐに」

ユーリが真剣な顔だったから、僕は少し笑ってしまった。

「こんな時間に？　本を返せっていうのかな」

「違う。具合が悪いみたいなんだ。君を呼べと言われた」

「誰に？」僕は食器を水で流しているところだった。

「マリア先生に」

「具合が悪いっていうのは……、え？　教授が？」僕は振り返って、ユーリの顔を見た。

彼は黙って頷いた。

「早く」エーリクが横から僕の肩を押す。

そうか、そういうことか、とようやく事態を理解した。

「ありがとう」ユーリにそう囁いたあと、僕は食堂の中を駆け抜けた。

2

中庭を走り抜け、研究棟へ向かった。僕はたった今、誰かを撃ったのではないか、という錯覚がわき起こった。だからこんなに慌てている。誰もいない暗闇の中へ飛び込み、身を潜めなければ、とにかく逃げなければ、という叫び声が頭の中で反響していた。

階段を駆け上がり、ドアをノックした。いつもと違う音色でドアは鳴った。返事が聞こえるまえに僕はドアを開ける。ソファの前にマリア先生がいた。ワーグナ教授は、ソファに横になっていた。上着を脱ぎ、白いシャツのボタンを外していた。真鍮《しんちゅう》の洗面器が床にあって、タオルがその傍らにある。ソファに寝ている教授が僕を見て、片手を持ち上げた。

「失礼します」僕は頭を下げた。「どうしたのですか?」

「ああ、オスカー、なんでもないよ」教授は言った。いつもの声だった。意外に元気そうなので、僕はほっとした。

マリア先生が、僕に近づいてきた。彼女は真剣な表情だ。

「私が呼ばれてきたときには、意識がなかった」

会議中に気分が悪くなり、ほかの先生たちが、この部屋に送り届け、マリア先生を呼んだのだという。

「寒かったせいかもしれない。あの会議室は暖房が効かない。それに、このところ……、ああ、研究が面白くてね、あまり寝ていなかった。心配をかけて、すまないね」

「以前に一度、倒れられたことがある」マリア先生が言った。彼女は、ソファの教授を振り返った。「ずいぶんまえになりますね？　いつでした？　オスカーが来たあとのことですよね？」

「いつだったかなあ……」教授の声は弱々しい。上を向いたまま、額に腕をのせた。

「とにかく、一時間ほど動かないで、休んでいて下さい。薬が効いてきます。ベッドへ移りますか？」

「いや、ここで良い、ありがとう。眠くなるのかね？」

「いえ、そういった作用はありません」

「そうか。では、新しい電磁理論についてでも考えるとしよう」

マリア先生は、しばらく教授の片手を取っていた。脈を計っているのだろう。僕は、少し離れたところに立ち、それを見守った。どうすれば良いのかわからない。ただ、心臓の鼓動が自分のものではなく、別の生き物のように感じられた。

マリア先生が僕に近づき、肩に触れた。そして、ドアの方を指さす。僕たちは、静かに部屋から出て、通路で向き合った。

「なにか僕にできることがありますか？」

「特にない」彼女は首をふった。「落ち着かれたら、話をしてあげると良い」

「わかりました。あの、大丈夫なんですね？」

「何が？」

「死ぬようなことは……」

「うん、たぶん、大丈夫だと思う。でも、約束はできない。あれは心臓の病気だ。治るというものではない。興奮しないことが大事だ。ご自分でも、それは充分に理解されているはず。君がこの学校へ来た頃に、最初の発作があった。そのときの方が危なかった。一命を取り留めた、といったところだったんだよ」

「そんなことがあったなんて、全然知らなかった」

「病院に連絡をしてもらった。専門の医師が、あとで診察にいらっしゃる。でも、診てもらっても、治療をして治るような病気ではない。とにかく安静にして、それから、無理をしないこと、そういう生活をするしかない」

「あの……、どうして、そんな話を僕に……」

「たった今、教授から聞いたからだよ」マリア先生は僕の肩に手を置いた。「オスカーを呼べと言われたので、どうしてかと理由をきいたんだ」

「そうですか……」僕は頷いた。

「ああ、君は、知っているのだね？」

「はい」

「教授から、聞いたのか？」

「いいえ」僕は首をふった。「そんな話をされたことはありません」

「そうか。それじゃあ、その話を聞いてあげなさい。きっと、もう駄目だと、ご自分で思われたのだろう……。大丈夫、人間はそんなに簡単に死なないよ」

「ありがとうございます」

「私は、ちょっと、煙草を吸ってくる。部屋に薬を取りにいかないと……」

マリア先生は階段を下りていった。それを見届けてから、僕は部屋の中へ戻った。ソファに近づくと、また教授が片手を持ち上げた。こちらを横目で見て笑っている。

「こちらへ来なさい。君に、話があるんだ、オスカー」教授は言った。彼は躰を起こそうとした。

「いえ、先生、どうかそのままで」僕はそれを止めた。彼の躰に僕の手が触れる。もしかしたら、初めてのことだったかもしれない。

ワーグナ教授は再びソファに横になり、クッションに頭をのせた。僕は、脚にしか掛かっていなかった毛布を彼の胸まで引っ張って広げた。

「情けないね」教授は苦笑した。「歳だな。気をつけなくてはいけない」

「気をつけて下さい。無理をしないようにと言われました」

「オスカー、話を聞いてくれるかね？」

「はい」

「生きている間に、君に伝えておかなければならないと考えていた。手紙に書いても良かったのだが、生憎《あいにく》、私は文字を書くのが苦手でね……、今がまさにチャンスというわけだ。そこに座りなさい」

僕はすぐ横の椅子に腰を下ろした。

「どうして、君の父親が、君の母親を銃で撃ったのか、その理由についてだ」

僕は黙っていた。ただ、彼の青い目から視線を逸らさないようにした。どうしてそう思ったのかわからない。それはもちろん、憎しみではない。その逆だ。彼に対して僕ができる、最低限の礼儀のように感じたからだ。

「私は、君のお母さんを愛していたのだ」教授は言った。「許されることではない。それはわかっている。いや、わかっていたはずだ。言い訳になるかもしれないが、お互いに、同じ感情を持っていたと思う。そして、お互いに、理解していたと思う。少なくとも、言葉では確認をした。その場の言葉にすぎないがね。もともと、君のお父さんと彼女が結婚をする以前から、私たちは知り合っていたのだよ。彼と私は親友だった。二人とも、彼女のことが好きだったというわけだ。ただしかし、私は当時、研究に夢中だった。彼も芸術に夢中だったけれど、そう、絵ならば、彼女を見ながら描けるだろう？　研究はそういうわけにはいかない。いや、そんな比較をしてもしかたがないな……。とにかく、私よりは、彼の方が情熱があったのだろうね。二人は結婚をした。とても幸せそうだった。私は、彼女のことを諦めた。そうするしかなかったし、必然的に、もっと研究に打ち込むことになったよ。だから、今の地位があるのも、彼女のおかげだと感謝をしている」

先生、そこまででけっこうです、と僕は言おうと思った。

その先の言葉を聞きたくなかったのではなく、そこまでで充分だと感じたからだ。母に対する感謝の気持ちで、僕の面倒を見てくれたのですね。どうもありがとうございます、と言おうと思った。

けれど、どうしても、言葉が出なかった。彼の目が、強い力で僕を押さえつけているようだった。

「残念なことに、君のお父さんは、結婚してから体調を崩されてね、酒に頼る生活になったみたいだった。もしかしたら、君も知っているところだろう。君が生まれたあとは幾分持ち直したのだが……」

「ええ、父はいつも酔っ払っていましたよ」僕は答えた。自分の声を聞いて、意外に冷静なのでびっくりした。

「絵も思うように売れないから、生活にも困っていた。私はときどき、彼女に金銭的な援助をした。ほんの少額だった。しかし、それが彼に知れてしまい、大喧嘩になったことがある。それだから、もう彼らには会ってはいけない、私の人生からは切り離さなければいけないのだと、そのときは思ったよ」

教授はそこで言葉を切った。彼は目を瞑り、その目の上に腕をのせた。仰向けになっている。口の髭《ひげ》が、少し震えているようだった。泣いているのだろうか、と僕は思った。

沈黙が続く。

僕は、鳥籠を見た。鳥も鳴かなかった。とても静かだ。

僕が小さい頃の家には、けっしてなかった静けさだ。

優しさが、そっと静けさに溶け込んでいる。

言葉や気持ちを待っている静けさだった。

「一度だけだが、彼女が、私を大学まで訪ねてきた。もう、夜も遅い時刻だった。私の前で、彼女は泣いた。もうあの人にはついていくことができない、死ぬつもりだ、と言った。私はとにかく、彼女を宥《なだ》めた。死んではいけない、いつか、きっと幸せになれるだろう。そう彼女を説得しようとした。しかし、私の本心は違っていた。彼と別れて、私のところへ来てほしい、そう願っていただろう。彼女には、私のために生きてほしいと思っていたのだ。そんな一時の夢を、その夜は思い描いた。そんな幸せが、私のところへもやってくるだろうとね。なんとも、儚《はかな》い……、ああ、儚い、夢だったね、本当に……」

教授の声は震えていた。泣いているのだ。

悲しい話だろうか。

僕も泣いていた。

悲しいのかどうか、わからないのに。

惨めだとは思わなかった。誰も惨めではない。もしかしたら、誰も悲しんでいないのかもしれない。昔の話じゃないか。もうすっかり忘れても良いほど、昔の話じゃないか。

なのに、どうしてこんなに涙が流れるのだろう。

頬を伝う涙が温かかった。

僕は黙っていた。

先生、もうけっこうです、もう眠って下さい、と何度も口にしようと思った。けれど、彼にはきっと、泣くことが必要なのだ、と思い直した。

僕も、泣きたかった。

彼と一緒に、泣きたかったのだ。

僕は、母が大好きだった。

愛していた。

彼も、同じ人を愛していたのだ。

一緒に泣く権利はある。

一緒に泣く義務がある。

「彼女は帰っていった。それ以来、私は彼女に一度も会っていない。その次の年に、君が生まれたと聞いた。息子ができたことで、彼は立ち直り、また絵を描いている、とも聞いたよ。私は、それで良かったのだ、と考えるしかなかった。私は再び諦めることにした。一生独身で、研究に身を削ろうと決心した。しかしね、何年かして、突然、あいつが……、失礼、君のお父さんがね、君を連れて、二人だけでここへやってきた。そして、君を引き取ってくれ、と私に言った。彼は私に頭を下げて、それを懇願したのだ。もちろん、私は引き受けた。君がいる手前、お母さんのことはきけなかった。彼は急いでいる様子で、すぐに出ていった。私が彼を見たのはそれが最後だ。そのときのことは、オスカー、覚えているね？」

「覚えています」

「君のお父さんは、その後、行方不明だ。警察が彼を追っていたが、見つかっていない。今はどこにいるのか、わからない。君には酷な言い方になるかもしれないが、私は、彼はもう生きていないだろうと考えている。そういう気質の男だった。そういう男だったからこそ、彼女を撃ったのだ。そうすることでしか、自分の愛情を表現できなかったのだよ。あいつは、彼女を本当に愛していた。この私以上にね。これはまちがいない。私には、彼女を撃つなんてことはできない。彼の愛情の方が大きかった証拠だ。今となって、それがよくわかる」

それは、どうだろう。愛情というのは占有だろうか。相手を自分のものにする力のことだろうか。僕は、違うと思った。だけど、結局はそうなのかもしれない。想っているだけの愛なんて、他者から見たら、何の影響もない現象、つまり幻のようなものだ。

愛情というのは、幻だろうか。

そこにあると感じるだけのものなのか。

「あいつは、私に示したのだ。妻は自分のものだと。男として立派だったと思う。結局、私は負けたのだ。しかし、では何故、息子を私に預けたのか。君は、何故、オスカーという名前なのか。君の髪の色、目の色は、彼女がハーフだったからだが、それにしても……」

「わかっています」僕の口から言葉が出た。「お父さん」

教授は、腕を上げ、ゆっくりとこちらへ顔を向けた。僕と同じ青い目が、また僕を捉える。

「知っていたのか？」

「わかりますよ、それくらい」僕は微笑むことができた。

「そうか……。良かった……、そうか……、知っていたのか」

「もう、子供ではありません」

「そう、そうだな……」彼はまた腕を顔にのせた。表情を隠したのかもしれない。

「私も本当に歳をとったものだ。そうか、知っていたのか……」同じ言葉を確かめるように彼は繰り返した。「ああ、では、私を恨んだだろうね？」

「どうしてですか？」

「うん、つまり、私のせいで、君の両親が不仲になって、あんな痛ましいことになってしまった、結果的に君の人生を大きく狂わせてしまった、すべてが私のせいだ、と考えたのではないかね？」

「それは……」僕は目を瞑った。

そんなふうに考えたことは一度もなかった。けれど、すぐに否定するまえに、少し考えてみようと思ったのだ。

「僕は、父のこと、えっと、育ててくれた彼のことが、とても好きでした。今でも、それは変わりありません。もし、もう一度僕の前に彼が現れたら、僕はきっと彼に抱きつくでしょう。母を撃ったことは、彼の事情です。僕にはよくわかりませんが、彼の判断だったのです。残念ですけれど、少なくとも、結果は認めなくてはいけません。そして、その理由が何であっても、結果にはもう影響しません。つまり、なにをどう考えても、どんな情報が得られても、事態はなにもどうも変わらないのです。母は、母の判断で、父や貴方を、愛したのです。そして、僕のことも愛してくれました。とても優しい人でした。本当に、信じられないくらい、優しかった。だから……」

僕はそこで、しゃべれなくなった。

だから？

「だから……、そんな母が愛した人を、僕も愛したいと思いました。恨んだことがなかったといったら、たぶん嘘になります。僕は、父のことも、貴方のことも、恨んだことがあった。もう、でも、覚えていません。そんなふうに考えられた自分を、今は思い出せません。ずっと、ずっと、ずっと昔のことのようです」

「オスカー」

僕は、立ち上がって、彼の前に跪《ひざまず》いた。彼が手を差し伸べ、僕はそれに触れた。

「お父さん」

「ありがとう」

彼の胸に、僕は顔をつけて、しばらく泣くことにした。悲しくなかったのに、涙が止まらなかった。

3

病院から専門医が訪れ、ワーグナ教授は、構内にある彼の住居へ運ばれた。容態は悪くはない、大丈夫だ、と聞いた。

僕は、自分の部屋へ戻るまえに、ユーリたちの部屋を訪れた。報告をするべきだと考えたからだ。

階段を上がり、部屋の前でノックをする。しばらく待つと、ユーリがドアを開けてくれた。

「悪い、もう寝ていた？」僕はきいた。

「いや、起きていたよ。彼も起きている」ユーリはドアをさらに開けた。

ベッドに腰掛けているエーリクが見えた。

「入っても良い？」僕は尋ねる。

「どうぞ」ユーリが下がった。

部屋に入ってドアを閉め、もう一度エーリクを見る。彼は目を擦った。泣き顔だった。

「どうした？」僕はユーリにきいた。

「いや……」ユーリは一度下を見て、それから、もう一度僕に視線を戻した。「それより、ワーグナ教授は？　大丈夫だった？」

「ああ、大丈夫。もう家に戻られた。病院の先生もいらっしゃった。また明日、お見舞いにいくつもりだけれど」

「エーリクから聞いたよ。オスカーのお父様だって」

「え？」僕は驚いた。そしてエーリクを見る。彼はこくんと頷いた。「どうして知っているんだ？　話した覚えはない」

「わかるよ、そんなこと」エーリクは小さな声で答える。

「頼むから、それは内緒にしておいてくれ」

「うん、いいけど……。でももう、ユーリには話しちゃったからね、遅いよ」彼はそこで笑った。目が赤いのに笑ったのが、アンバランスだった。

「僕は、もちろん誰にも言わない」ユーリが言う。

「彼、何を泣いているんだ？」僕はユーリにきいた。

「うん、僕が、すべてを話したからだよ」ユーリは囁くように答える。しかし、口調ははっきりとしていた。それから、彼は僕に微笑んだ。それは本当に自然な笑顔だった。「オスカー、君にも、話さなければならない」

ユーリはデスクの椅子に腰掛けた。僕はエーリクのデスクの椅子を借りて座った。静かな部屋。三人がいて、窓の外は夜。そこで、ユーリの話を聞いた。ワーグナ教授の話を聞くときよりも、僕は幾分冷静だったかもしれない。

僕はユーリの顔をじっと見つめていただろう。それは、エーリクも同じだったはず。

涙は出なかった。だいたいのことは知っていたし、それに、しっかりと受け止めてやることが、友人に対しての誠意だと感じたのだ。僕は、彼にとって、そういう友人でいたかった。単なるエゴかもしれないけれど……。一方、エーリクは、なにも知らずに聞いたのだから、ショックで泣いてしまったのだ。それは、彼らしい素直さだ。それもまた、友人としての誠意の表れだ、と僕は思った。

話はものの五分の内容だった。エーリクに話したあとだったから、整理がされていたのだろう。ユーリは、いつものように姿勢良く座っていた。眉は凛々《りり》しく、瞳は鮮明だった。言葉は、途切れ途切れではあったものの、歯切れは良かった。熟考された末に選ばれた表現だったにちがいない。

エーリクはベッドの上で膝を抱え、まだ目を濡らしていた。なにも言わなかった。

話し終えて、ユーリは溜息をついた。彼の目も、もしかしたら潤んでいたのかもしれない。でも、ユーリの目はいつも光を宿して、そんなふうに見えるから、特別ではなかった。話しているときは、感情が顔に表れるようなこともなかったけれど、今は僅かに、ほっとした表情だった。口許は少し緩み、笑っている印象さえあった。長い間、そんな顔を見なかったように僕は思った。優しい顔だ。本当に、天使のように。

「実は、だいたいのことは知っていた。知ったのはつい最近だけれどね」僕は正直に話した。「話してくれてありがとう」

「聞いてもらえて、良かった。君たちに話せるようになったことは、僕には、とても良い状態だと思う」

「ごめん」エーリクは言った。「そんなこと全然知らなかった。僕はずいぶん酷いことを君に言ったね。ああ……、なんて考えなしだったんだ……」

「知らないのが当然なんだし、君の責任ではないよ」ユーリは言う。「こうして話してしまえば、本当に、言葉だけのことなんだ。神様も、信仰も、信念も、それから、虚構も、全部言葉だけのことだった。僕はあのとき、ちょっとした怪我をしたけれど、そんなのは、単にこの躰だけのことだった。それと同じなんだ。躰も、言葉と同じように、この世の借り物だからね。細胞は、どんどん入れ替わっていく。生命の営みは、一種の物理現象だ。風が吹いたり、雨が降ったりするのと同じで……。躰なんて、単なる物体でしかない。言葉も、つまりはそういうものだ。どんどん入れ替わる。現れては消えていく。こんなふうに考えたことはない？　この躰に、どうして、僕の心は留まっているのだろうって……。でもね、躰という単なる物体ではあるけれど、僕の心は、ここから出ていくわけにはいかないんだ。救いようがない不自由さだけれど、そういう仕組みなのだから、しかたがない。折り合いをつけていくしかない。そう考えると悲しくなるけれど、でも、きっと、それが人間というものなんだね」

「悲しいことだけじゃないよ」エーリクは言った。「そんなふうに悪く悪く考えたら、悲しくなるだけだよ。そうじゃなくて……」

「いや、これでも、僕は……」ユーリはくすっと笑った。「ずいぶん明るくなれたと思っているよ」

「変だよ、絶対」エーリクが舌打ちする。

「不思議だよ。本当に」ユーリは僕を見た。「僕には、実家に帰れば両親がいる。僕は愛されている。君たちよりも、ずっと幸せなはずなのにね」

「そうだ、そうだよ」エーリクが言った。

「いや、僕は……、自分はもの凄く幸せ者だと思っている」僕は言った。そして、ユーリに微笑んだ。「悪かったな……」

ユーリは僕に、にっこりと微笑み返す。そして軽く頭を下げた。

「僕が一番不幸だよ」エーリクが言う。

「そうだ、君が一番不幸だ」僕は彼を指さした。

「まあ、でも……、最悪ってことはないよ」エーリクは顎を上げ、口を尖らせる。

「いちおう、義理の父親はいる。血のつながりはないけれど、養育はしてくれるらしい。うん、この学校にいられるだけで、感謝しなければいけない。そう、僕は満足だよ。だいたいさ、こんな僕だって、死んでしまったトーマよりは幸せかもね」

「トーマは、幸せだったんじゃないかな」僕は言った。

「どうして?」エーリクがきく。

「いや、人のことはわからないか」僕は首をふった。「悪い、いいかげんなことを言った」

「ユーリは、どう思う?」エーリクはきく。

「お茶を沸かそうか?」ユーリが立ち上がった。

「いいね」僕は頷く。「紅茶に、ちょっとブランディを入れて飲みたいな」泣きすぎたせいだろう、少し頭痛がしていたのだ。

「ブランディなんて、どこにあるの?」

「ここにある」僕はポケットから小さな瓶を取り出した。「教授の家のキッチンにあったんだ。一つもらってきた」

「なんていう悪い息子!」エーリクが言った。

ユーリはコンロに火をつけた。

「いいよねぇ、この部屋は火が使えて」エーリクが言う。「オスカーに替わってもらって良かった」

「僕は大いに不便を感じているよ」

薬缶をコンロにのせると、ユーリはこちらを向いた。腕組みをしている。壁にもたれて、彼は目を閉じた。

「何を考えているの？」エーリクがきく。

「君の質問についてだよ」ユーリは答えた。

4

寒い日が続いた。雪が積もった日も幾日かあった。真っ白なグラウンドの周囲の庭木が雪を被り、丸いものが沢山転がっているように見えた。自然のスケールを感じる風景だ。人間が作ったものだけが四角いことがわかる。

ワーグナ教授は回復し、ゼミもすぐに再開された。部屋はストーブが焚《た》かれて教室よりも暖かい。でも、ユーリはもう出席しなかった。彼に替わってエーリクが参加し、以前よりも議論が多くなった。誰の意見に対しても、エーリクが疑問を投げかけるからだ。多くは初歩的な質問だったけれど、けっして的を外していなかった。彼のそういった才能は素晴らしい、と僕はいつも感じる。

日が長くなって、少し寒さが緩み始め、温室には、もう花が咲いていた。ガラス越しに、それらの彩りが見える。壁にかかっているカレンダを眺め、残りの日にちを幾度計算しただろう。ユーリのたっての希望で歓送会に類するものは一切開かれなかった。

ついにその日が訪れ、彼は早朝に学校を出ていくことになった。先生たちに挨拶をしてから、ユーリは大きな荷物を持って門を出た。僕とエーリクの二人だけが、学校の許可と彼の黙認を得て、見送るために一緒に行くことになった。僕たちはユーリの鞄の一つずつを持たせてもらった。駅までの道程《みちのり》がこんなに短く感じたことはない。最初に父と一緒にこの道を歩いたときは、学校がずいぶん遠かったのに……。ときどき短くなっていると気づく。僕の成長のせいだろうか。それだけだろうか。

ずっとエーリクがしゃべっていた。世間話もあったし、ゼミの内容の話も出た。ユーリがそれに簡単に短く答えていた。エーリクは、詳しいことは手紙で書くから返事がほしい、と何度か訴えた。ユーリはそのつど微笑んだけれど、でも、言葉では返事をしなかった。

おそらく、ユーリはもう僕たちの前には現れないだろう。彼はそう決めたのではないか。僕たちというよりは、この現世に決別して、この世と天国の中間に位置するような、そんな世界へ行こうとしているのではないか、と僕は想像した。そうでなければ、去っていく必要がない。そんな気がするのだ。

ユーリは終始穏やかで、晴れ晴れしい笑顔だった。僕たち三人は、最寄りの駅から電車に乗った。大きな駅まで三つだ。電車は混雑していて、僕たちはドアの近くに立った。

「この国は狭いな」エーリクが言った。「ねえ、大陸へ行きたいよね」

「そうだね」ユーリが頷く。

「鉄道で行けるんだよ。切符を買うだけで、大陸へ行ける時代なんだよ」

「途中で海を渡るだろう?」僕は言った。

「でも、凄いことじゃない?　切符を買えば行けるなんて」

「そういえば、そうかな」

「世界中どこへでも、そのうち行けるようになるよ」エーリクは窓の外を眺めて言う。「時刻表を見ただけで、世界のどこへ、いつ到着できるか、わかるようになるんだ」

「なるかな」僕は首を傾げる。

「どこか、広いところへ行きたいなあ」

あまりそんな思考をしたことがなかったので、僕には理由がわからなかった。広いというのは、何が魅力なのだろうか。たとえば、人に滅多に会わない、というのが良いのか。万が一、僕の父が生きていたら、きっと大陸にいるだろう、と想像をしたことはあった。たぶん、寒いところ。山奥でひっそりと暮らしているのではないか。それは、彼にとってきっと幸せにちがいない、とも思った。会いにいきたいという気持ちはあるけれど、会ってもなにも話せないし、もしかしたら、もう会いたくない、と僕は考えているかもしれないな、とも思える。

それだから、ユーリが今から去っていくことに対しても、きっと将来は、そんなふうに自分の中で処理されることになる、と想像した。懐かしいものは、懐かしいだけでもう充分なのだと。でも、いつまでも後ろばかりを振り返っているわけにはいかない。自分が進む未来を見なければ……。

切符はもう買ってあった。時間的にも予定どおりに駅に到着した。僕とエーリクもプラットホームまで入り、ユーリを見送った。茶色の客車のステップに立って、彼は僕たちを振り返った。

「ユーリ、手紙を書いてよ」エーリクが言う。

「そうだね、いつか」ユーリは返事をした。

彼は僕を見た。僕は片手を上げて、小さく頷いた。言葉は思いつかなかった。彼はずっと視線を逸らせ、客車の中に消えた。

ホームは風が吹き抜けて寒かった。しばらく、僕たち二人は立っていたけれど、僕はエーリクの背中を押して、もう戻ろうと促した。彼も頷いて、それに従った。

階段まで来たときに、ベルが鳴り、汽車が動きだした。もう一度振り返ったけれど、ホームで大勢が見送っているだけで、もちろん、ユーリが見えたわけではない。

僕たちは、帰るための電車に乗った。途中、エーリクが指をさしたので窓から外を見ると、あの陸橋が見えた。トーマが落ちた場所だ。今でも、花が手向《たむ》けられているだろうか、と僕は想像した。電車は減速していたが、たちまち遠ざかった。

いろいろなものが遠ざかる。

楽しかったことも、苦しかったことも。

車窓の風景のように、すべてが遠くへ行ってしまうのだ。

「返事が来るまで、手紙を書いてやる」エーリクが呟いていた。

それは、もしかして、トーマが同じだったかもしれないな、と僕は思った。ユーリは、今度こそきっと、返事を書くだろう。

そうか……、
トーマにも、もう返事を書いているのかもしれない。

そんなふうに考えて、僕はくすっと吹き出してしまった。

「何が可笑しいの？」エーリクがきいた。

「いや、なんでもないよ」

「ねえ、まえからききたかったんだけどさ」

「何？」

「お父様のゼミに参加するっていうのは、どんな気持ちなのかな？　恥ずかしくない？」

「うーん、どうかな」

「僕の新しい親父はね、僕とは血のつながりがない。だから、いろいろ、なんとなく意識してしまうんだけれど」

「ああ、それなら、僕も同じだよ。血なんて関係ない」

「やっぱり？　そうか……」エーリクは頷いた。「これは、乗り越えなければならないものなんだね」

僕はまた笑ってしまった。

「可笑しいかな？」彼はむっとした顔だ。

「ごめん」僕は謝った。

その素直さが羨ましい、と思った。

エーリクも、そしてトーマも、本当に素直だ。どうして、こんな綺麗な心が育つのだろう、と不思議に思う。ユーリも、きっと、そう考えただろう。

そんな綺麗なものが、だんだん失われていくことは少し寂しい気もするけれど、しかし、エーリクの言うとおり、乗り越えないといけないものなのかもしれない。

学校に戻ると、もう昼休みだった。僕たちは午前中の講義に出なかったのだ。ピロティから明るいグラウンドへ出ていく。喚声が聞こえ、野球をしているのが見えた。

エーリクが走りだし、飛んできたボールをキャッチして、すぐさま投げ返した。弾むような軽快なアクションだった。

遠くで、打って走っていた奴が怒鳴っている。エーリクは気にせず、こちらへ戻ってきた。

「お腹が空いたね」彼はにっこりと笑って言った。

エピローグ

これがぼくの愛
これがぼくの心臓の音
きみにはわかっているはず

僕はまた、元の部屋へ戻ることになった。エーリクと同室だ。みんながいる前で、エーリクが大喜びしたので、複雑な気持ちになったけれど、すぐこの状況が可笑しくて、僕も笑えてきた。僕は、その部屋にユーリの思い出があるような、そんな錯覚を持っていたから、最初は期待していたのだけれど、移ってみたら、エーリクの明るさが、部屋の雰囲気も香りもすっかり塗り替えていることに気づいた。それは、窓から入る日差しが変わるように、新しい季節の到来と似ていた。

樹も草も花をつけた。緑は日に日に鮮やかになる。ずっと窓を開けていることが多くなった。僕はそこに腰掛けて中庭を眺めるのが好きだ。見上げると、隣の校舎の傾斜した屋根と眩しい空の境界に、小さな鳥たちが集まっている。

鳥といえば、ワーグナ教授の部屋にあった鳥籠が、今は僕たちの部屋にある。ただ、鳥はもういない。死んだのか、それとも逃げたか逃がしたのか、それはわからない。僕はきかなかった。残された籠にとって、また僕にとっても、どちらでも同じことだからだ。もう新しい鳥を飼わない、と教授が話したので、鳥籠だけもらい受けたのだった。

「どうするのさ、そんなもの」とエーリクがきいた。

「いや、飾りだよ、ただの」僕は答えた。

「変なの、鳥籠だけって……。なにかの象徴？　不自由、束縛、規律、えっと……。とにかく、人間で良かった。自由で良かったよね」

「そうかな、人間も、たいてい籠の中なんじゃないかな」

そんな会話があった。

人は、籠の外へ出られるだろうか。籠から外に飛び出せば、自分で餌《えさ》を見つけ、敵から逃げて、どこか暗いところに身を隠し、ひっそりと暮らさなければならないだろう。ただ、ほんのときどき、自由に飛び回って、これが自由なんだ、と感じるだけのことではないか。それでもそれは価値があるものだろうか。

こうしてまた、僕は見たこともない大陸の広い風景を連想するのだ。

石畳の小径が、もう枝葉のために見えにくくなっていたけれど、そこを歩いてくるのがエーリクだとわかった。窓が見える位置まで来て、彼はこちらを見上げた。白い歯を見せて笑っている。

「オスカー！」彼は手を上げてふった。躰を弾ませる。本当に、小鳥のようだ。

「どうした？」僕は尋ねた。

「ユーリから手紙だよ！」

しばらくして、エーリクが部屋に駆け込んでくる。

僕はまだ窓に座っていた。彼から手渡された絵葉書を見る。風景の写真だった。桜の樹だろうか、川沿いに並んでいる。橋の上から撮られたものだろう。その観光地の地名が下に小さく活字で入っていた。ユーリがいる県内だということはわかった。

宛名は、エーリクになっていた。ほかには、差し出し人の名前以外に文字はない。

「住所が書いてない」エーリクが言った。「なんて奴だ」

「まだ、しっかりと決まっていないからかも」僕は言った。

「一言くらい、なにか書かない？　こういうときってさ……。どういう神経しているんだろう。なにも書いてないなんて」

「いいじゃないか。生きていない証拠だ」

「生きているなんて、きまっているよ。僕に返事を書かせないつもりなんだ」

それは言いすぎだ。エーリクは、ユーリの学校宛に既に手紙を出している。それはユーリに届いたにちがいない。

「ああ……、結局、友情なんてこんなもんなんだね」エーリクは呟いた。

でも、そのあと、彼は微笑んだ。また白い歯を見せて。

僕は、窓の外、眩しい屋根のエッジを見上げた。

ユーリも、エーリクの手紙を見て、きっと笑っただろう。

優しい笑顔が目に浮かんだ。

「友情なんて、そんなもんだよ」僕は小声でそう呟いて、窓から離れた。

「え？」エーリクはベッドに寝転がって、まだ葉書を見つめていた。「何て言った？」

各章冒頭の引用文は、すべて萩尾望都 著『トーマの心臓』によります。

少年はどこまでも透明感

萩尾望都（漫画家）

小説『トーマの心臓』を、森博嗣さんに書いていただいてとてもうれしいです。森博嗣さんから、書きたいという、お申し出をいただいたときは、「いいんですか？」とびっくりしました。

というのは、小説家って文学者ですから。文学者ってそんなことしないだろうと思っていたのです。

ふつう、小説が映画化されたり漫画化されたり絵画になったり、ビジュアルな世界に移動することはよくある。言葉を絵にしたい、というのはよくわかる。言葉から、絵が浮かんでくるのはわかるので。

たまには、絵を見て言葉が浮かぶこともあるでしょうね。人の深層の中には表現のジャンルを超えて、行き来するものがあるのでしょうから。

でも、そうはいっても、やはりこれは珍しいことだと思ったので、「はい、お願いします」と即答しました。出来上がってくるものに興味津々でした。

言葉の世界の『トーマの心臓』は、まずやっぱり、言葉がきれいでした。小説家って、言葉で勝負しているのだなあと改めて思いました。

その気持ちのいい言葉のリズムで、「森博嗣の小説世界」ともいう空間にするりと入り込んでしまっていました。

滲《にじ》んで、境界がぼけてて、なのになぜか透明でした。キャラクター達は新しい背景を与えられ、新しい時代に生きていました。クラシックなデザイン（と思われる）電車が走ってたり、ココ・シャネルのようなスーツを着てるシャキッとした先生が出てきました。風景は遮《さえぎ》るものが無く、どこまでも広がっていく感じでした。

森博嗣という気持ちのいい味わいがあって、森さんて、美しいものがほんとに好きなんだなあと思ってしまいました。読み終わって、文章を思い出すとき、文字の間から色付きの数字がふわふわと、浮かび上がりました。不思議です。森さんに理数系のイメージがあったせいでしょうか。

森博嗣さんのお宅に一度編集さんと伺ったことがあります。

森さんは模型電車を創るのが趣味で、「家にいらしたら、電車に乗れますよ」と、前々から聞いていたので楽しみでした。

が、あいにくその日は雨で、残念ながら乗れませんでした。

庭の木立や茂み、濡れた落ち葉が散る間をぬって、模型電車用のレールがぐるぐると敷かれていました。小さなレール。おとぎ話の世界へ来たような感じでした。

創作をしているガレージに案内していただいて、いくつもの汽車、機関車や車両を見せていただきました。色とりどりで、デザインも違ってて、全部、動くのです。その上、乗ることもできます。乗ったら、ガリバーになったようでしょうね。がっちりとしています。

小さなお人形もそうですが、小さなものは小さいというだけでも可愛い。その上で精密に創ってあると、エネルギーや命が凝縮されて詰められているようで、生き物のように存在していると感じてしまいます。森さんはひとつひとつていねいに説明してくださいます。

電車用の金属片を削り出すのに1日かかった話。指先のような小さなパーツです。エー、根気がいりますね、と言うと、いるけど、全然苦じゃあないとおっしゃる。お話を聞いているだけで楽しい。

工学者の頭と言葉の向こうに、少年の眼差しがきらきらと眩《まぶ》しい。好奇心の幸福感を、分けていただきました。

「あとがき」というより御礼

森 博嗣

小説のあとがきを書いたことがありません。今回が初めてです。この作品が、特殊なものであるからです。

萩尾望都先生の『トーマの心臓』を小説化しないか、という提案が講談社の名編集者であった宇山秀雄氏からあったのは十年以上もまえのことです。聞いたときには、凄い発想をする人だな、という驚きと、そんな無謀が許されるのだろうか、という疑問を抱きましたが、「萩尾先生の許可が得られるなら、異存はありません」と即答しました。

萩尾望都という作家は、僕にとっては例外的な存在です。小説も漫画も映画も絵画も、あらゆる芸術分野を通して、唯一の存在といっても良いほどです。また、萩尾先生の作品群の中でも、『トーマの心臓』は最も大きな衝撃を受けた一作です。これに出会ったために、僕は「創作」というものの価値を自分の中に見つけました。原点あるいは起点といっても良いでしょう。今風にいえば「神」です（せめて皆さん、「神様」と言ってもらいたいのですが）。

しかしその後、宇山氏からはこの話の続きがありませんでした。伺ったところ、打診はしてみたもののお返事がいただけない、とのことです。それは、そうでしょう。八十パーセントくらいは駄目だろう、と僕も考えていましたから。その宇山氏は、二〇〇六年に突然亡くなられました。

ところがです。その翌々年でしたか、メディアファクトリーの稲子《いなこ》氏が、萩尾先生にお会いになったとき「森さんの『トーマの心臓』はまだですか」というようなことをおっしゃっていた、と聞き及びました。青天の霹靂《へきれき》とはこのことです。どうもどこかで話が途切れ、伝わってこなかったようです。さっそく、萩尾先生にも直接お会いして、正式に執筆の許可をいただきました。

既存の作品を別の創作ジャンルで再現するという場合、通常は文章から絵、絵から動画というように、情報量が多い方向へ流れます。これは、人間の知的欲求の方向と一致しています。小説を読んだ人は、アニメやドラマでこれを見てみたい、と自然に思うことが多いはずです。本作はその逆行ですから、いわば「具体的なものから抽象化する」行為になります。あらすじや台詞を追った単なるノベライズではなく、原作の美しさを抽象しなければなりません。何故なら、それが小説であり、創作だからです。

それ以前に、このときの僕の最大の使命は、これを読んだ人たちに、萩尾望都の『トーマの心臓』を読みたくさせること、でした。もちろん、既読の方が多いでしょうから、是非この名作を再読してほしいと思います。また、もう何十年もまえの作品です、若い人たちには知らないという方も多いことでしょう。そういう方も是非一度手に取っていただければと希望します。日本が生んだ漫画文化の頂点ともいえる名作を、できるだけ沢山の人に知っていただきたい、と願っています。幸い、単行本が出たあと届いた感想などでも、ほとんどの方が「原作を読みたくなった」と書かれていて、僕の気持ちが伝わったことにほっとしました。

本作は、そういう意味で、原作どおりではありません。場所も時代も変えましたし、台詞もまったく違います。「抽象」のためには、それが必要でしたし、原作を読んだときの「新たな」感動を損なわないためでもありました。

森博嗣が珍しく「あとがき」を書いたのは、普段は明確ではない作家の「動機」を記しておきたかったからです。

この作品を書けたことは、この仕事において感じた最大の幸せでした。自分で書いた作品で初めて自分が読む気になれるものでした。もしかして小説家としてやっていけるのではないか、とも少しだけ思えました。ですから、初めての微かな自信作かもしれません。こんな経験をさせてもらえたのは、ひとえに萩尾望都先生のおかげです。本当に感謝いたします。どうもありがとうございました。

二〇一二年三月　滑らかな静けさの中で

森博嗣著作リスト

（二〇二二年八月現在、講談社刊。＊は講談社文庫に収録予定）

◎S&Mシリーズ

すべてがFになる／冷たい密室と博士たち／笑わない数学者／詩的私的ジャック／封印再度／幻惑の死と使途／夏のレプリカ／今はもうない／数奇にして模型／有限と微小のパン

◎Vシリーズ

黒猫の三角／人形式モナリザ／月は幽咽のデバイス／夢・出逢い・魔性／魔剣天翔／恋恋蓮歩の演習／六人の超音波科学者／捩れ屋敷の利鈍／朽ちる散る落ちる／赤緑黒白

◎四季シリーズ

四季　春／四季　夏／四季　秋／四季　冬

◎Gシリーズ

φ《ファイ》は壊れたね／θ《シータ》は遊んでくれたよ／τ《タウ》になるまで待って／ε《イプシロン》に誓って／λ《ラムダ》に歯がない／

η《イータ》なのに夢のよう／目薬α《アルファ》で殺菌します／ジグβ《ベータ》は神ですか／キウイγ《ガンマ》は時計仕掛け／χ《カイ》の悲劇／ψ《プサイ》の悲劇

◎Xシリーズ
イナイ×イナイ／キラレ×キラレ／タカイ×タカイ／ムカシ×ムカシ／サイタ×サイタ／ダマシ×ダマシ

◎百年シリーズ
女王の百年密室／迷宮百年の睡魔／赤目姫の潮解

◎ヴォイド・シェイパシリーズ
ヴォイド・シェイパ／ブラッド・スクーパ／スカル・ブレーカ／フォグ・ハイダ／マインド・クァンチャ

◎Wシリーズ（講談社タイガ）
彼女は一人で歩くのか？／魔法の色を知っているか？／風は青海を渡るのか？／デボラ、

眠っているのか？／私たちは生きているのか？／青白く輝く月を見たか？／ペガサスの解は虚栄か？／血か、死か、無か？／天空の矢はどこへ？／人間のように泣いたのか？

◎ＷＷシリーズ（講談社タイガ）

それでもデミアンは一人なのか？／神はいつ問われるのか？／キャサリンはどのように子供を産んだのか？／幽霊を創出したのは誰か？／君たちは絶滅危惧種なのか？／リアルの私はどこにいる？

◎短編集

まどろみ消去／地球儀のスライス／今夜はパラシュート博物館へ／虚空の逆マトリクス／レタス・フライ／僕は秋子に借りがある　森博嗣自選短編集／どちらかが魔女　森博嗣シリーズ短編集

◎シリーズ外の小説

そして二人だけになった／探偵伯爵と僕／奥様はネットワーカ／カクレカラクリ／ゾラ・一撃・さようなら／銀河不動産の超越／喜嶋先生の静かな世界／トーマの心臓（本書）／

実験的経験／馬鹿と嘘の弓（＊）／歌の終わりは海（＊）／オメガ城の惨劇（＊）

◎クリームシリーズ（エッセイ）

つぶやきのクリーム／つぼやきのテリーヌ／つぼねのカトリーヌ／ツンドラモンスーン／つぼみ茸ムース／つぶさにミルフィーユ／月夜のサラサーテ／つんつんブラザーズ／ツベルクリンムーチョ／追懐のコヨーテ

◎その他

森博嗣のミステリィ工作室／100人の森博嗣／アイソパラメトリック／悪戯王子と猫の物語（ささきすばる氏との共著）／悠悠おもちゃライフ／人間は考えるFになる（土屋賢二氏との共著）／君の夢　僕の思考／議論の余地しかない／的を射る言葉／森博嗣の半熟セミナ　博士、質問があります！／DOG&DOLL／TRUCK&TROLL／森籠もりの日々／森には森の風が吹く／森遊びの日々／森語りの日々／森心地の日々／森メトリィの日々／アンチ整理術

☆詳しくは、ホームページ「森博嗣の浮遊工作室」を参照
(https://www.ne.jp/asahi/beat/non/mori/)
（２０２０年11月より、ＵＲＬが新しくなりました）

■この作品は二〇〇九年七月メディアファクトリーより単行本が刊行され、二〇一〇年十月に講談社ノベルス、二〇一二年四月にＭＦ文庫ダ・ヴィンチに収録されました。

|著者|森 博嗣　作家、工学博士。1957年12月生まれ。名古屋大学工学部助教授として勤務するかたわら、1996年に『すべてがＦになる』（講談社）で第１回メフィスト賞を受賞しデビュー。以後、続々と作品を発表し、人気を博している。小説に「スカイ・クロラ」シリーズ、「ヴォイド・シェイパ」シリーズ（ともに中央公論新社）、『相田家のグッドバイ』（幻冬舎）、『喜嶋先生の静かな世界』（講談社）など。小説のほかに、『自由をつくる 自在に生きる』（集英社新書）、『孤独の価値』（幻冬舎新書）などの多数の著作がある。2010年には、Amazon.co.jpの10周年記念で殿堂入り著者に選ばれた。ホームページは、「森博嗣の浮遊工作室」（https://www.ne.jp/asahi/beat/non/mori/）。

トーマの心臓《しんぞう》　Lost heart for Thoma

森《もり》 博嗣《ひろし》｜原作 萩尾望都《はぎおもと》

講談社文庫

定価はカバーに
表示してあります

2022年８月10日第１刷発行

KODANSHA

発行者――鈴木章一
発行所――株式会社 講談社
東京都文京区音羽2-12-21　〒112-8001
電話 出版（03）5395-3510
　　 販売（03）5395-5817
　　 業務（03）5395-3615

デザイン―菊地信義
本文データ制作―講談社デジタル製作
印刷―――株式会社KPSプロダクツ
製本―――株式会社国宝社

Printed in Japan

ISBN978-4-06-528449-0

講談社文庫刊行の辞

二十一世紀の到来を目睫に望みながら、われわれはいま、人類史上かつて例を見ない巨大な転換期をむかえようとしている。

世界も、日本も、激動の予兆に対する期待とおののきを内に蔵して、未知の時代に歩み入ろうとしている。このときにあたり、創業の人野間清治の「ナショナル・エデュケイター」への志を現代に甦らせようと意図して、われわれはここに古今の文芸作品はいうまでもなく、ひろく人文・社会・自然の諸科学から東西の名著を網羅する、新しい綜合文庫の発刊を決意した。

激動の転換期はまた断絶の時代である。われわれは戦後二十五年間の出版文化のありかたへの深い反省をこめて、この断絶の時代にあえて人間的な持続を求めようとする。いたずらに浮薄な商業主義のあだ花を追い求めることなく、長期にわたって良書に生命をあたえようとつとめるところにしか、今後の出版文化の真の繁栄はあり得ないと信じるからである。

同時にわれわれはこの綜合文庫の刊行を通じて、人文・社会・自然の諸科学が、結局人間の学にほかならないことを立証しようと願っている。かつて知識とは、「汝自身を知る」ことにつきていた。現代社会の瑣末な情報の氾濫のなかから、力強い知識の源泉を掘り起し、技術文明のただなかに、生きた人間の姿を復活させること。それこそわれわれの切なる希求である。

われわれは権威に盲従せず、俗流に媚びることなく、渾然一体となって日本の「草の根」をかたちづくる若く新しい世代の人々に、心をこめてこの新しい綜合文庫をおくり届けたい。それは知識の泉であるとともに感受性のふるさとであり、もっとも有機的に組織され、社会に開かれた万人のための大学をめざしている。大方の支援と協力を衷心より切望してやまない。

一九七一年七月

野間省一

講談社文庫 最新刊

講談社文芸文庫

大澤真幸
〈世界史〉の哲学 1 古代篇
資本主義の根源を問う著者の破天荒な試みがついに文庫化開始！ 本巻では〈世界史〉におけるミステリー中のミステリー＝キリストの殺害が中心的な主題となる。
解説＝山本貴光
おＺ２
978-4-06-527683-9

大澤真幸
〈世界史〉の哲学 2 中世篇
「中世」とは、キリストの「死なない死体」にとり憑かれた時代であった！ 誰も明確には答えられない謎に挑んで見えてきた真実が資本主義の本質を照らし出す。
解説＝熊野純彦
おＺ３
978-4-06-528858-0

講談社文庫　目録

村上春樹　ノルウェイの森(上)(下)
村上春樹　ダンス・ダンス・ダンス(上)(下)
村上春樹　遠い太鼓
村上春樹　国境の南、太陽の西
村上春樹　やがて哀しき外国語
村上春樹　アンダーグラウンド
村上春樹　スプートニクの恋人
村上春樹　アフターダーク
村上春樹 佐々木マキ絵　羊男のクリスマス
村上春樹 佐々木マキ絵　ふしぎな図書館
村上春樹 糸井重里　夢で会いましょう
村上春樹・文 安西水丸・絵　ふわふわ
U・K・ル＝グウィン 村上春樹訳　空飛び猫
U・K・ル＝グウィン 村上春樹訳　帰ってきた空飛び猫
U・K・ル＝グウィン 村上春樹訳　素晴らしいアレキサンダーと、空飛び猫たち
U・K・ル＝グウィン 村上春樹訳　空を駆けるジェーン
T・ファリッシュ著 B・ルート絵 村上春樹訳　ポテト・スープが大好きな猫
村山由佳　天翔る
睦月影郎　密通妻

睦月影郎　快楽アクアリウム
向井万起男　渡る世間は「数字」だらけ
村田沙耶香　授乳
村田沙耶香　マウス
村田沙耶香　星が吸う水
村田沙耶香　殺人出産
村瀬秀信　気がつけばチェーン店ばかりでメシを食べている
村瀬秀信　それでも気がつけばチェーン店ばかりでメシを食べている
虫眼鏡　東海オンエアの動画が6.4倍楽しくなる本〈虫眼鏡の概要欄 クロニクル〉
森村誠一　悪道
森村誠一　悪道 西国謀反
森村誠一　悪道 御三家の刺客
森村誠一　悪道 五右衛門の復讐
森村誠一　悪道 最後の密命
森村誠一　ねこの証明
毛利恒之　月光の夏
森博嗣　すべてがFになる〈THE PERFECT INSIDER〉
森博嗣　冷たい密室と博士たち〈DOCTORS IN ISOLATED ROOM〉
森博嗣　笑わない数学者〈MATHEMATICAL GOODBYE〉

森博嗣　詩的私的ジャック〈JACK THE POETICAL PRIVATE〉
森博嗣　封印再度〈WHO INSIDE〉
森博嗣　幻惑の死と使途〈ILLUSION ACTS LIKE MAGIC〉
森博嗣　夏のレプリカ〈REPLACEABLE SUMMER〉
森博嗣　今はもうない〈SWITCH BACK〉
森博嗣　数奇にして模型〈NUMERICAL MODELS〉
森博嗣　有限と微小のパン〈THE PERFECT OUTSIDER〉
森博嗣　黒猫の三角〈Delta in the Darkness〉
森博嗣　人形式モナリザ〈Shape of Things Human〉
森博嗣　月は幽咽のデバイス〈The Sound Walks When the Moon Talks〉
森博嗣　夢・出逢い・魔性〈You May Die in My Show〉
森博嗣　魔剣天翔〈Cockpit on knife Edge〉
森博嗣　恋恋蓮歩の演習〈A Sea of Deceits〉
森博嗣　六人の超音波科学者〈Six Supersonic Scientists〉
森博嗣　捩れ屋敷の利鈍〈The Riddle in Torsional Nest〉
森博嗣　朽ちる散る落ちる〈Rot off and Drop away〉
森博嗣　赤緑黒白〈Red Green Black and White〉
森博嗣　四季 春～冬
森博嗣　φ《ファイ》は壊れたね〈PATH CONNECTED φ BROKE〉

森　博嗣　θ《シータ》は遊んでくれたよ〈ANOTHER PLAYMATE θ〉
森　博嗣　τ《タウ》になるまで待って〈PLEASE STAY UNTIL τ〉
森　博嗣　ε《イプシロン》に誓って〈SWEARING ON SOLEMN ε〉
森　博嗣　λ《ラムダ》に歯がない〈λ HAS NO TEETH〉
森　博嗣　η《イータ》なのに夢のよう〈DREAMILY IN SPITE OF η〉
森　博嗣　目薬α《アルファ》で殺菌します〈DISINFECTANT α FOR THE EYES〉
森　博嗣　ジグβ《ベータ》は神ですか〈JIG β KNOWS HEAVEN〉
森　博嗣　キウイγ《ガンマ》は時計仕掛け〈KIWI γ IN CLOCKWORK〉
森　博嗣　χ《カイ》の悲劇〈THE TRAGEDY OF χ〉
森　博嗣　ψ《プサイ》の悲劇〈THE TRAGEDY OF ψ〉
森　博嗣　イナイ×イナイ〈PEEKABOO〉
森　博嗣　キラレ×キラレ〈CUTTHROAT〉
森　博嗣　タカイ×タカイ〈CRUCIFIXION〉
森　博嗣　ムカシ×ムカシ〈REMINISCENCE〉
森　博嗣　サイタ×サイタ〈EXPLOSIVE〉
森　博嗣　ダマシ×ダマシ〈SWINDLER〉
森　博嗣　女王の百年密室〈GOD SAVE THE QUEEN〉
森　博嗣　迷宮百年の睡魔〈LABYRINTH IN ARM OF MORPHEUS〉
森　博嗣　赤目姫の潮解〈LADY SCARLET EYES AND HER DELIQUESCENCE〉

森　博嗣　まどろみ消去〈MISSING UNDER THE MISTLETOE〉
森　博嗣　地球儀のスライス〈A SLICE OF TERRESTRIAL GLOBE〉
森　博嗣　レタス・フライ〈Lettuce Fry〉
森　博嗣　僕は秋子に借りがある I'm in Debt to Akiko〈森博嗣自選短編集〉
森　博嗣　どちらかが魔女 Which is the Witch?〈森博嗣シリーズ短編集〉
森　博嗣　喜嶋先生の静かな世界〈The Silent World of Dr.Kishima〉
森　博嗣　そして二人だけになった〈Until Death Do Us Part〉
森　博嗣　つぶやきのクリーム〈The cream of the notes〉
森　博嗣　ツンドラモンスーン〈The cream of the notes 4〉
森　博嗣　つぼみ茸《きのこ》ムース〈The cream of the notes 5〉
森　博嗣　つぶさにミルフィーユ〈The cream of the notes 6〉
森　博嗣　月夜のサラサーテ〈The cream of the notes 7〉
森　博嗣　つんつんブラザーズ〈The cream of the notes 8〉
森　博嗣　ツベルクリンムーチョ〈The cream of the notes 9〉
森　博嗣　追懐のコヨーテ〈The cream of the notes 10〉
森　博嗣　カクレカラクリ〈An Automaton in Long Sleep〉
森　博嗣　DOG&DOLL
森　博嗣　森には森の風が吹く〈My wind blows in my forest〉
森　博嗣　アンチ整理術〈Anti-Organizing Life〉

諸田玲子　森家の討ち入り
森　達也　すべての戦争は自衛から始まる
本谷有希子　腑抜けども、悲しみの愛を見せろ
本谷有希子　江利子と絶対〈本谷有希子文学大全集〉
本谷有希子　あの子の考えることは変
本谷有希子　嵐のピクニック
本谷有希子　自分を好きになる方法
本谷有希子　異類婚姻譚
本谷有希子　静かに、ねぇ、静かに
茂木健一郎　「赤毛のアン」に学ぶ幸福《しあわせ》になる方法〈偏差値78のAV男優が考える〉
森　林原人　セックス幸福論
桃戸ハル編・著　5分後に意外な結末〈ベスト・セレクション〉
桃戸ハル編・著　5分後に意外な結末〈ベスト・セレクション　黒の巻・白の巻〉
桃戸ハル編・著　5分後に意外な結末〈ベスト・セレクション　心震える赤の巻〉
森　功　高倉健〈隠し続けた七つの顔と「謎の養女」〉
望月麻衣　京都船岡山アストロロジー
山田風太郎　甲賀忍法帖〈山田風太郎忍法帖①〉
山田風太郎　伊賀忍法帖〈山田風太郎忍法帖③〉
山田風太郎　忍法八犬伝〈山田風太郎忍法帖④〉

講談社文庫 目録

山田風太郎 風来忍法帖〈山田風太郎忍法帖⑪〉
山田風太郎 新装版 戦中派不戦日記
山田正紀 大江戸ミッション・インポッシブル〈顔役を消せ〉
山田正紀 大江戸ミッション・インポッシブル〈幽霊船を奪え〉
山田詠美 晩年の子供
山田詠美 A《エイ》2《トウ》Z《ズイ》
山田詠美 珠玉の短編
柳家小三治 ま・く・ら
柳家小三治 もひとつま・く・ら
柳家小三治 バ・イ・ク
山口雅也 落語魅《ミ》捨《ス》理《テリ》全集〈坊主の愉しみ〉
山本一力 深川黄表紙掛取り帖
山本一力 牡丹酒〈深川黄表紙掛取り帖(二)〉
山本一力 ジョン・マン1 波濤編
山本一力 ジョン・マン2 大洋編
山本一力 ジョン・マン3 望郷編
山本一力 ジョン・マン4 青雲編
山本一力 ジョン・マン5 立志編
椰月美智子 十二歳

椰月美智子 しずかな日々
椰月美智子 ガミガミ女とスーダラ男
椰月美智子 恋愛小説
柳広司 キング&クイーン
柳広司 怪談
柳広司 ナイト&シャドウ
柳広司 幻影城市
柳広司 風神雷神(上)(下)
薬丸岳 闇の底
薬丸岳 虚夢
薬丸岳 刑事のまなざし
薬丸岳 逃走
薬丸岳 ハードラック
薬丸岳 その鏡は嘘をつく
薬丸岳 刑事の約束
薬丸岳 Aではない君と
薬丸岳 ガーディアン
薬丸岳 刑事の怒り
薬丸岳 天使のナイフ〈新装版〉

山崎ナオコーラ 可愛い世の中
矢月秀作 A《ア》C《ク》T《ト》〈警視庁特別潜入捜査班〉
矢月秀作 A《ア》C《ク》T《ト》2 告発者〈警視庁特別潜入捜査班〉
矢月秀作 A《ア》C《ク》T《ト》3 掠奪〈警視庁特別潜入捜査班〉
矢野隆 我が名は秀秋
矢野隆 戦《いくさ》始末
矢野隆 乱
矢野隆 長篠の戦い〈戦百景〉
矢野隆 桶狭間の戦い〈戦百景〉
矢野隆 関ヶ原の戦い〈戦百景〉
山内マリコ かわいい結婚
山本周五郎 さぶ〈山本周五郎コレクション〉
山本周五郎 白石城死守〈山本周五郎コレクション〉
山本周五郎 完全版 日本婦道記(上)(下)〈山本周五郎コレクション〉
山本周五郎 戦国武士道物語 死處《しょ》〈山本周五郎コレクション〉
山本周五郎 戦国物語 信長と家康〈山本周五郎コレクション〉
山本周五郎 幕末物語 失蝶記〈山本周五郎コレクション〉
山本周五郎 逃亡記 時代ミステリ傑作選〈山本周五郎コレクション〉
山本周五郎 家族物語 おもかげ抄〈山本周五郎コレクション〉

2022年6月15日現在